LES PAPILLONS DU MAL

DU MÊME AUTEUR
CHEZ LE MÊME ÉDITEUR

La Nuit des salamandres

Apparition

L'Ombre du manitou

Tengu

Sang impur

Walhalla

Les Gardiens de la porte

Graham Masterton

LES PAPILLONS DU MAL

Traduction de François Truchaud

Roman

PRESSES DE LA CITÉ

Titre original : *Trauma*

Edition originale : Viking, New York

ISBN 2-258-05714-0

Mais elle était du monde où les plus belles choses
Ont le pire destin.
Et rose elle a vécu ce que vivent les roses :
L'espace d'un matin.

François de Malherbe

Préparatifs

Bonnie alla dans le garage pour prendre les bombes aérosol dont elle avait besoin pour travailler ce matin-là. Les aérosols étaient soigneusement rangés sur des étagères sur le côté gauche, les décolorants et les détergents tout en haut, pour plus de sûreté. Elle mit ceux qu'elle avait choisis dans un casier à lait en plastique bleu. A savoir :

Nettoyant multisurfaces Fantastik
Détachant pour moquettes Resolve
Shampooing pour tapisserie d'ameublement Woolite
Lave-vitres et nettoie-glaces Windex
Désinfectant Lysol
Purificateur d'odeurs Glade (non parfumé)

Elle chantonnait, « L'amour, toujours jeune et éternel... rarement... rencontré... ».

Au fond du garage, il y avait la machine à laver, le séchoir rotatif, et tous ses produits d'entretien, ses chiffons à épousseter, ses brosses dures et ses bidons d'encaustique. Sur le côté droit du garage, qui était le côté de Duke, de même que le côté droit du lit était le côté de Duke, il y avait une moto Honda Black Bomber couverte de poussière, la roue arrière détachée. D'innombrables bidons d'huile de moteur étaient entassés contre le mur, les étagères étaient encombrées de clefs à tubes et de manuels d'entretien pour motos maculés d'empreintes de pouce graisseuses, ainsi que de canettes de Coors Lite à moitié vides et de pots de beurre de cacahuète remplis d'écrous et de boulons rouillés. Un calendrier *Playboy* aux bords enroulés était accroché au mur. Il avait été feuilleté seulement jusqu'à Miss Février, et le 15 février était entouré d'un épais cercle rouge.

Bonnie n'oublierait jamais le 15 février 1997. C'était le jour où Duke s'était fait virer.

La maison des Glass

A midi moins vingt elle arriva à la maison des Glass. Elle avait plus de vingt minutes de retard, à cause des embouteillages sur l'autoroute de Santa Monica. Elle gara son vieux camion Dodge devant la maison et sauta de la cabine.

L'agent d'assurances l'attendait dans sa voiture. Il avait laissé tourner le moteur pour profiter de la climatisation. Il descendit et mit ses lunettes de soleil. Il était jeune et très mince, portait une chemise blanche à manches courtes, et ses bras étaient aussi pâles que des cuisses de poulet.

— Madame Winter? Je suis Dwight Frears, des Assurances de l'Ouest.

— Ravie de faire votre connaissance, dit Bonnie. Désolée de vous avoir fait attendre.

Il arbora un large sourire.

— Ma foi... attendre, cela fait partie de mon travail.

Il faisait très chaud ce matin-là, la température avoisinait les 35 degrés. Le smog donnait une teinte mordorée au ciel. Bonnie s'avança sur la pelouse rabougrie, non entretenue, et s'immobilisa, les mains sur les hanches, pour contempler la maison. Dwight Frears la rejoignit et se tint à ses côtés. Il n'arrêtait pas de faire cliqueter son stylo-bille.

— Le shérif Kellett m'a dit que cela s'était passé il y a un peu plus d'une semaine, dit Bonnie.

— En effet. (Dwight Frears vérifia sur sa planchette porte-papiers.) Le 8 juillet, pour être précis.

Bonnie s'abrita les yeux de la main. La maison des Glass était identique à des centaines d'autres maisons dans ce secteur de San Bernardino. Un toit de bardeaux, un porche de style espagnol, un garage avec un panier de basket-ball affaissé. La seule différence, c'était que cette maison avait été laissée à l'abandon — climatiseur rouillé, portes grillagées criblées de trous, stuc vert clair en partie écaillé.

Bonnie s'approcha des fenêtres donnant sur la rue et essaya de regarder entre les lames des stores d'un vert sale. Elle distingua seulement un canapé en vinyle blanc défoncé et son propre reflet : une femme de trente-quatre ans, aux formes généreuses et aux cheveux d'un blond ardent, portant un T-shirt Elvis noir et un jean blanc avec une ceinture en stretch.

Dwight consulta à nouveau sa planchette porte-papiers.

— Le rapport des services du coroner dit que... les enfants ont été découverts dans la chambre à l'arrière de la maison. L'un sur le lit et l'autre sur un lit escamotable...

Bonnie longea le côté de la maison et souleva d'une main une corde à linge de fortune. A l'arrière de la maison, il y avait un petit jardin avec un parc pour enfants, deux fauteuils de relaxation et un barbecue couvert d'une croûte de graisse. Un tricycle d'enfant aussi, renversé sur le côté.

Elle pouvait voir à l'intérieur de la cuisine. A part les nombreuses mouches qui allaient et venaient partout, elle ressemblait à n'importe quelle autre cuisine. Cependant, la fenêtre de la chambre à l'arrière de la maison était recouverte par ce qui ressemblait à un rideau noir luisant. Dwight s'apprêtait à dire quelque chose, puis il réalisa ce que c'était. Il se tourna vers Bonnie, le visage crispé.

Bonnie rebroussa chemin vers le devant de la maison.

— Bien... à première vue, il s'agit principalement de la chambre des enfants et d'un nettoyage général des autres pièces. Cela représente six heures de travail minimum, ce qui fait mille deux cents dollars, plus les produits de nettoyage, plus le transport, disons autour de mille cinq cents...

Dwight donnait l'impression d'avoir du mal à respirer.

— Mille cinq cents ? Cela me semble correct.

Ils s'assirent dans la voiture de Dwight pour remplir les formulaires de l'assurance. Il avait presque terminé lorsqu'une autre voiture se rangea contre le trottoir, une Datsun bleue délabrée avec une portière marron. Une femme de petite taille, frêle comme un oiseau, au nez proéminent et aux cheveux rebelles, descendit et donna de petits coups sur la vitre côté passager.

— Salut, Bonnie. Désolée, je suis en retard !

— Salut, Ruth. Je te présente Dwight.

— Salut, Dwight.

Dwight signa le devis et le tendit à Bonnie sans dire un seul mot.

Une fois Dwight parti, Bonnie et Ruth allèrent à l'arrière du camion. Il était rempli de bidons de cinq litres de désinfectant industriel, de rouleaux de feuilles de plastique vert, de piles de sacs-poubelle très résistants, de bombes d'insecticide et de fourre-tout en plastique bourrés de produits décolorants et dissolvants.

— Ça gaze, Duke et toi ? demanda Ruth tandis qu'elle

prenait une combinaison en plastique jaune vif et commençait à l'enfiler.

— Je suppose. Je ne sais pas trop, en fait. Duke est tellement *bizarre*, ces derniers temps. Comme si les Envahisseurs avaient pris possession de son corps. Si je ne savais pas qu'il est foutrement trop paresseux pour ça, je dirais qu'il fricote avec une autre femme.

Bonnie mit sa combinaison de protection à son tour. La combinaison était moite dans le meilleur des cas, mais avec cette chaleur Bonnie transpirait déjà de partout avant même d'avoir tiré la fermeture à glissière. Elle s'assit sur le pare-chocs du camion pour enfiler ses bottes en caoutchouc.

— Tu sais ce qui s'est passé ici ? lui demanda Ruth.

— Pas vraiment. Jack Kellett a dit qu'il y avait un problème pour la garde des enfants. La femme était résolue à tout faire pour que les enfants ne soient pas confiés à son mari. Tout d'abord, les voisins n'ont rien remarqué d'anormal, puis ils ont signalé une odeur venant de la maison, et on a découvert que la femme était partie et que les deux gosses étaient morts.

Ruth tendit à Bonnie un masque respiratoire et en mit un elle-même. Elles se dirigèrent vers la maison, emportant leurs bidons de désinfectant et leurs sacs-poubelle. La rue avait été quasiment déserte jusqu'à maintenant, mais un homme sortit de chez lui et entreprit de laver sa voiture, puis un couple apparut, et l'homme et la femme se mirent à examiner avec une attention exagérée l'arroseur rotatif de leur pelouse. Trois adolescents surgirent en skate et commencèrent à décrire des cercles de plus en plus rapprochés autour de la maison des Glass.

Les cuisses de Bonnie frottaient l'une contre l'autre en produisant un couinement de plastique visqueux, et le bruit de sa respiration à l'intérieur du masque lui donnait l'impression qu'un asthmatique marchait sur ses talons. Elle atteignit la porte d'entrée, la clé que l'agence immobilière lui avait donnée dans la main. La porte était munie d'un heurtoir en cuivre en forme de gros scarabée. Bonnie ouvrit la porte, elles entrèrent.

C'était une petite maison ordinaire, minable. Il y avait un vestibule étroit avec une porte sur la gauche donnant sur le séjour et une porte sur la droite donnant sur une chambre. Devant elles, la porte de la cuisine était légèrement entrouverte.

La maison grouillait de mouches. Il y en avait partout — sur les murs, sur les meubles, sur les fenêtres. Bonnie poussa Ruth du coude et fit le geste de passer l'aspirateur. Ruth leva un pouce en signe d'approbation et partit à la recherche du placard à balais.

Accrochés au mur du vestibule, il y avait un énorme crucifix en bois avec un Christ en plâtre cloué dessus et une plaque en bois où étaient gravés les mots *Que Dieu bénisse les enfants*. Bonnie alla jusqu'au séjour, aperçut des meubles en vinyle blanc et un téléviseur un peu moins grand que le palais de justice du comté de Los Angeles. L'odeur était bien plus perceptible ici, même si le masque respiratoire de Bonnie lui épargnait le pire de la puanteur. Avant de se lancer dans ce boulot, elle n'avait jamais réalisé à quel point les êtres humains sentaient mauvais lorsqu'ils étaient morts. A lui tout seul, le sang séché dégageait une odeur infecte, comme du poulet putréfié.

Parfois, en pleine nuit, elle restait éveillée, à se demander comment des gens pouvaient s'aimer, sachant à quel point ils étaient périssables, et à quoi ils ressemblaient vraiment à l'intérieur.

Elle foula la moquette du séjour. Beige, à longs poils, présentant un motif entrecroisé d'empreintes de pas marron, comme des indications pour un cours de danse. Elle alla ensuite dans la cuisine, chassant de la main des mouches de son visage. Une tête de laitue frisée sur l'égouttoir de l'évier s'était changée en une boule visqueuse et jaunâtre. Un couteau était posé à côté, prêt à la transformer en salade.

Dans la chambre à l'arrière de la maison, elle trouva les jouets des enfants, éparpillés sur le sol. Un téléphone en plastique Fisher-Price. Un camion-benne bleu vif, transportant des cubes de construction. Il y avait un lit à une place contre le mur et un lit escamotable disposé à angle droit par rapport à celui-ci. Tellement de mouches étaient agglutinées sur la fenêtre que Bonnie fut obligée d'allumer le plafonnier. Il y avait deux taches marron et luisantes, semblables à du vernis pour le bois, une sur chaque lit.

Bonnie prit l'un des sacs-poubelle en plastique. Elle leva la main, décrocha les rideaux, les plia approximativement et les fourra dans le sac, ainsi qu'une quantité de mouches d'un vert émeraude luisant. A ce moment, Ruth entra, apportant l'aspirateur. Elle le brancha et entreprit d'aspirer les mouches autour du lit escamotable, aussi prosaïquement que si elle faisait le ménage dans sa propre maison.

Elles arrachèrent tous les rideaux et tous les stores.

— On les garde ? demanda Ruth, les bras chargés de rideaux en velours de laine d'un or fané.

— Bien sûr. Je jetterai le reste à la poubelle.

Elles transportèrent les lits jusqu'au camion de Bonnie et les placèrent l'un sur l'autre, comme un sandwich, pour que les voisins ne voient pas les taches. Elles arrachèrent toutes les moquettes et les enroulèrent, prêtes à être emportées.

Enlever la moquette dans la chambre des enfants fut le plus pénible. Lorsque Bonnie la dégagea du mur, la thibaude grouillait de gros asticots, et Ruth fut obligée de les ramasser avec une pelle à poussière et une brosse.

Tout alla dans les sacs-poubelle. Livres, relevés bancaires, photographies de famille, journaux, vêtements, cartes d'anniversaire. Un dessin aux crayons de couleur représentant deux petits garçons sous un soleil jaune hérissé de rayons, avec les mots *Nous t'aimons, Maman.* Bonnie était contente de ne pas avoir de proches parents affligés dans les jambes. C'était suffisamment moche comme ça sans, en plus, devoir leur expliquer pourquoi Dieu avait permis qu'une telle chose se produise.

Ruth sortit de la salle de bains. Elle tenait dans sa main une seringue hypodermique.

Bonnie ôta son masque. Elle écarta un peu plus les pans de son sac-poubelle et dit :

— Jette-la dedans. J'en parlerai à Dan plus tard.

Ruth ôta son masque à son tour.

— Je l'ai trouvée dans la corbeille à linge. C'est peut-être important, qui sait ?

Bonnie ne répondit pas. De temps en temps, elle tombait sur des preuves matérielles qui avaient échappé à la police, mais elle ne se faisait pas une religion de les signaler. Elle était nettoyeuse, pas flic, et dans ce boulot il était préférable d'éviter que trop de gens apprennent qu'elle avait peut-être compris plus de choses qu'elle n'aurait dû. Elle avait été menacée à deux reprises par ses propres clients : la première fois quand elle avait trouvé des fragments de lettre brûlés dans la cheminée ; la seconde fois quand elle avait répondu à un appel téléphonique dans une maison à Topanga Canyon et qu'une voix rauque avait demandé : « Alors, elle est morte ? »

Au bout de deux heures et demie, la maison des Glass était suffisamment propre pour qu'elles puissent sortir un moment et boire du café noir très fort, que Ruth avait apporté dans une flasque. Les voisins continuaient de les observer. A présent, ils avaient même cessé de faire semblant de jouer de la brosse ou du taille-haies, mais aucun d'eux ne s'approcha.

— Où vas-tu jeter tout ça? demanda Ruth en montrant de la tête les lits et les moquettes entassés à l'arrière du camion.

— Il n'y a pas de risques d'infection. Je vais les emporter à Riverside.

— Je croyais que les asticots dégoûtaient Riverside.

— Les asticots *me* dégoûtent. Mais je ferai à M. Hatzopolous mon plus charmant sourire.

Elle jeta le restant de son café dans le caniveau et retourna dans la maison. Maintenant, il ne restait plus que la chambre principale à nettoyer. C'était une imitation bon marché d'une suite nuptiale aux chutes du Niagara — des meubles crème avec panneaux d'aggloméré et poignées imitation or, et un dosseret de lit capitonné rose arborant deux taches jaunâtres laissées par les têtes de ceux qui s'étaient assis là pendant des années pour regarder la télé.

Dans un coin, sur une coiffeuse délabrée, était disposé un tas de produits de beauté à moitié utilisés, tandis qu'une ballerine en porcelaine levait une jambe sans pied. Au milieu de la coiffeuse trônait l'un de ces crânes en sucre mexicains pour le Jour des Morts, dont on avait mangé un morceau.

Bonnie saisit le couvre-lit d'un blanc crasseux et le tira. Elle le fourra dans un sac-poubelle puis tendit la main vers les oreillers. Alors qu'elle prenait le premier, elle aperçut un objet noir collé sur le bord de l'oreiller, puis un autre, et un autre. Elle secoua l'oreiller avec dégoût, et six ou sept autres objets tombèrent. Ils étaient luisants et d'aspect fragile, pointus et torsadés comme des coquillages, marron foncé plutôt que noirs, et légèrement transparents, de telle sorte qu'elle pouvait voir qu'il y avait quelque chose à l'intérieur. Ce fut seulement lorsqu'elle en ramassa un et l'examina plus attentivement qu'elle comprit ce que c'était : une chrysalide. Un papillon, ou peut-être un papillon de nuit, ou un autre insecte.

C'était probablement à cause de la chaleur, se dit-elle. La semaine dernière, alors qu'elle nettoyait un appartement sur Franklin Avenue, elle avait trouvé un amas d'énormes larves de mouches à viande, bien plus grosses que toutes celles qu'elle avait pu voir jusque-là. Ruth lui avait dit que c'était un présage, mais de quoi, elle l'ignorait. Ruth était bigrement superstitieuse pour quelqu'un qui passait son temps à gratter des tapisseries d'intérieur pour en faire disparaître les taches laissées par le sang de personnes suicidées ou assassinées.

Les ingrédients nécessaires

Bonnie prit le livre de cuisine que sa mère lui avait offert lorsque Duke et elle s'étaient mariés. *Cent recettes de cuisine pour jeunes mariés*, de Hannah Mathias. La couverture était déchirée, et le livre s'ouvrit sur *Hachis de Viande*, qui était le plat préféré de Duke. Mais elle tourna les pages jusqu'au chapitre suivant, « Volaille », et chercha la recette qu'elle avait lue durant le week-end.

Un poulet, coupé en huit morceaux
Deux gousses d'ail
1 poivron vert
1/4 cuillerée à thé de clous de girofle pilés
2 cuillerées à thé de piment rouge en poudre
1 1/2 tasse de tomates de conserve hachées menu
1/3 tasse de raisins secs
4 cuillerées à café de xérès sec
1/3 tasse d'olives vertes hachées menu

Elle mit ses lunettes de lecture et se pencha sur le livre en fronçant les sourcils.

La maison des Winter

— Comment appelles-tu ça ? voulut savoir Duke en scrutant un morceau de poulet au bout de sa fourchette.

— Poulet à la mexicaine, répondit Bonnie sans lever les yeux.

Duke reposa sa fourchette sur son assiette. Il demeura immobile, les yeux rivés sur Bonnie, pendant presque dix secondes avant de demander :

— Dis-moi un truc, Bonnie. Est-ce que je ressemble à un Mexicain ? Enfin, d'une façon ou d'une autre ?

Bonnie ne répondit pas et continua de manger, les yeux fixés sur son assiette. Assis entre eux, leur fils, Ray, se redressa instinctivement, comme pour s'éloigner de la ligne de tir.

— Excuse-moi, insista Duke. Mais as-tu remarqué que je portais un sombrero ces derniers temps ?

— Non, Duke. Je n'ai pas remarqué que tu portais un sombrero ces derniers temps.

— Enfin, je n'ai pas une moustache tombante, ni un poncho, et je ne me balade pas partout en criant : «*Arriba ! Arriba !*» Tu es d'accord ?

— Oui, Duke, tout à fait.

— Donc je ne ressemble pas à un Mexicain ?

— Non.

Sa gorge était tellement nouée qu'elle avait du mal à déglutir. Elle savait exactement ce qu'il allait dire et à quoi cela allait conduire, mais pas comment y mettre fin.

— Je vois. Tu ne penses pas que je ressemble à un Mexicain. Alors pourquoi me sers-tu cette bouffe mexicaine ?

Bonnie redressa la tête.

— Tu manges italien. Pourtant je n'ai jamais vu ta gondole amarrée devant la maison.

Il la regarda avec une incrédulité exagérée.

— Est-ce que tu essaies d'être drôle ? Mon arrière-grand-père était italien. Manger italien, c'est dans mon sang.

— Tu manges aussi du canard laqué. Ne me dis pas que tu es en partie d'origine chinoise.

— Pourquoi es-tu toujours aussi finaude ? Pourquoi es-tu incapable de répondre à une question très simple par une réponse sans détour ? Enfin, pour une fois ! Une gondole... mais qu'est-ce qui te prend ? J'ai seulement demandé quel était ce truc que tu as servi et tu as dit mexicain, et j'ai dit je ne suis pas mexicain et je ne *ressemble* même pas à un Mexicain, ce qui m'amène à me demander si tu n'as pas préparé ce plat uniquement pour me contrarier !

— *Moi*, j'aime bien, murmura Ray.

Duke leva les bras au ciel.

— Oh, génial ! *Toi*, tu aimes bien. Ce qui montre à quel point tu n'es pas un gourmet. Et pourquoi te ranges-tu toujours du côté de ta mère ? C'est une insulte personnelle que tu es en train de manger. C'est une insulte personnelle pour moi. Pourquoi ne pas le reconnaître ? Tu préférerais manger quelque chose qui te rendra malade comme un chien plutôt que d'être du même avis que ton paternel, hein ? Eh bien, j'espère que cette bouffe vous restera en travers de la gorge, à tous les deux !

Il jeta sa serviette sur la table, recula violemment sa chaise et sortit de la cuisine en trombe. La porte battante grinça plusieurs fois en un mouvement de va-et-vient, puis s'immobilisa. Bonnie ne bougeait pas et regardait son assiette, sa fourchette levée. La lumière du plafonnier donnait l'impression qu'elle jouait dans une pièce de théâtre. Ray continua de manger pendant un moment, puis il renonça à son tour.

— Tu as vraiment aimé ? lui demanda Bonnie.

— Ouais, c'était super !

Elle remarqua qu'il avait retiré tous les raisins secs et les avait laissés sur le bord de son assiette.

Ils débarrassèrent et jetèrent les restes dans la poubelle. Il y avait encore beaucoup de poulet dans la marmite, mais Bonnie le jeta également dans la poubelle. Elle fit la vaisselle en silence pendant un moment. Ray se tenait près d'elle avec un torchon et attendait pour essuyer les assiettes, très grand, battant des paupières. Il avait des épaules en forme de cintre et des cheveux qui donnaient toujours l'impression qu'il venait de se réveiller.

Il avait dix-sept ans, le même âge que Bonnie lorsqu'elle l'avait mis au monde. Elle avait presque du mal à le croire. Elle avait vraiment été aussi jeune que ça ?

Ce soir, Ray portait son T-shirt préféré avec LA CORONERS DPT imprimé dessus. Duke détestait ce T-shirt, du moins il disait qu'il le détestait. « Je déteste ce T-shirt. Tu veux que les gens pensent que tu as une curiosité morbide, c'est ça ? »

Bonnie rangea les assiettes dans le placard.

— Ton père est tellement irascible ces derniers temps. Je commence à croire que c'est à cause de moi.

— Mais pourquoi ? Qu'est-ce que tu as fait ?

— Demande-moi plutôt ce que je n'ai pas fait. J'ai lancé cette entreprise de nettoyage, d'accord ? Et j'ai gardé mon boulot régulier à Glamorex. Tu ne peux pas reprocher à ton père de se sentir quelque peu inutile, hein ?

— Il pourrait trouver du travail s'il le voulait. Il n'essaie même pas. Il reste toute la journée vautré sur le canapé, à regarder *Des jours et des vies*.

— Allons, Ray. Il n'a pas travaillé depuis bientôt un an. Ce n'est pas tellement qu'il est paresseux... Il est juste déboussolé, disons.

— En tout cas, cela ne lui donne pas le droit de s'en prendre à toi.

— Je suis une grande fille maintenant, Ray. Je suis capable de supporter ses sautes d'humeur.

De manière inattendue, Ray s'approcha d'elle, la prit dans ses bras et posa sa joue sur son épaule.

— Hé, qu'est-ce que tu as ? s'exclama-t-elle.

— Rien du tout. Je voudrais juste que Papa et toi arrêtiez de vous disputer.

Elle s'aperçut qu'elle caressait les cheveux hérissés de Ray.

— Nous le ferons. Je te le promets. Nous traversons une période difficile, c'est tout. Tout le monde connaît des moments difficiles.

— Mais vous vous disputez tous les jours. Tous les jours sans exception !

Bonnie retira ses gants en caoutchouc jaune vif.

— Ne t'inquiète donc pas. Tu veux un café ?

Ray releva la tête et la regarda.

— Je peux te poser une question personnelle ?

Elle posa ses deux mains sur les épaules de Ray et sourit.

— Tu peux me demander tout ce que tu veux. Je suis ta mère.

— Papa... tu sais... est-ce que tu, eh bien, est-ce que tu *l'aimes* toujours ?

Bonnie regarda Ray dans les yeux. Ils étaient de la

même couleur que les siens : un bleu fané très clair... la couleur des bleuets que l'on trouve pressés entre les pages d'une bible de famille.

— Tu me poses une question très compliquée, répondit-elle. Et tout ce que je peux dire, c'est... qu'il y a un tas de réponses différentes, et que même *moi*, je ne les connais pas.

— Je savais que tu allais te défiler.

— Oh, vraiment ? Au moins, tu n'as pas dit que j'étais une poule mouillée à la mexicaine !

Il entra en trombe dans la chambre à deux heures et demie passées. Il empestait la bière et la fumée de cigarette. Elle ne bougea pas et fit semblant de dormir pendant qu'il titubait et tanguait d'un côté de la chambre à l'autre. Ses chaussures valdinguèrent sur le sol, puis il s'empêtra dans les jambes de son pantalon et s'étala de tout son long sur le lit, juste à côté d'elle.

— Bonnie... chuchota-t-il. (Son haleine était tellement fétide qu'elle fut obligée de détourner la tête.) Bonnie, écoute-moi. Je t'aime. Tu ne sais même pas à quel point je t'aime. Tu n'as aucune... *merde !* s'exclama-t-il comme il essayait de dégager son pantalon de ses chevilles.

« Je sais, on arrête pas de se disputer. Je le sais, trésor. Mais c'est pas toujours moi. Parfois... parfois c'est toi. Enfin, tu travailles toute la journée et tu travailles toute la nuit et tu as à peine le temps de me regarder et de penser "C'est mon homme. C'est mon *homme*". Et un homme... *a besoin* de ce genre de réconfort, trésor. Il a besoin de ce genre de respect. Et qu'est-ce qui m'arrive ? Je vais te dire ce qui m'arrive. Je perds mon boulot à cause d'un immigré clandestin. Et ensuite ma femme... ma femme que j'aime tendrement depuis dix-sept ans, mon trésor, ma reine... qu'est-ce qu'elle fait ? Elle remue le couteau dans la plaie. Voilà ce qu'elle fait. Elle remue le couteau dans la plaie ! Et elle ne se contente pas de me couper les couilles, elle les sert pour le dîner et elle les appelle des *cojones* !

Il serra le poing et commença à taper sur l'oreiller. De la salive volait de sa bouche, et Bonnie remonta le drap pour se protéger le visage. Elle n'avait pas peur. Elle voulait juste qu'il s'arrête de crier et qu'il la laisse dormir.

— Un poulet à la mexicaine, putain de merde ! Un poulet à la mexicaine ! Tu l'as fait exprès ou quoi ? Tu ne crois pas que je me sens... suffisamment minable comme ça ?

Bonnie se retourna et passa son bras autour de ses épaules.

— Duke, tu es ivre. Essaie de dormir.

— Tu crois que je suis ivre ? Je suis même pas bourré. Je suis... je suis... *blessé.*

Bonnie lui caressa la nuque.

— Blessé, dit-il à l'oreiller avec une violence accrue. Je suis blessé !

Dans l'obscurité, Bonnie le revoyait tel qu'il était lorsqu'ils s'étaient connus. Très mince, presque efféminé, avec d'épais cheveux noirs ramenés en arrière et une façon tellement cool de marcher et de parler. Il était drôle, il avait de la repartie, et il retenait toujours l'attention de tout le monde. Il était capable de faire vingt ronds de fumée d'affilée. Ses amis l'appelaient le Duc et faisaient semblant de s'incliner devant lui lorsqu'ils le rencontraient. Mais même le Duc avait vieilli et arrêté ses études, et il avait été obligé de chercher du travail. Et c'était à ce moment que le Duc avait découvert qu'être capable de faire vingt ronds de fumée ne remplaçait guère des qualifications professionnelles. Le meilleur boulot qu'il avait réussi à trouver était celui de mécaniciengaragiste... et puis, lorsqu'il avait demandé une augmentation de cinquante *cents*, l'entreprise l'avait flanqué à la porte et avait engagé un Mexicain pour le remplacer, en le payant deux dollars de moins l'heure.

Il redressa la tête. Dans la lumière ténue du réveil sur la table de chevet, son visage brillait de larmes.

— Tu me quitteras pas, hein, Bonnie ? Tu m'aimes toujours, dis-moi ?

— Tu pourrais la fermer et dormir ? Je dois me lever à six heures.

— Tu n'as personne d'autre, hein, Bonnie ? J'ai vu la façon dont Ralph Kosherick te regarde. Ses yeux lui sortent des orbites et sa putain de langue pend jusqu'au tapis ! Tu baises pas avec Ralph Kosherick, hein, Bonnie ? Dis-moi que tu baises pas avec Ralph Kosherick !

— Nom de Dieu, Duke, ça suffit !

Elle ferma les yeux et essaya de penser à autre chose. Chaque fois que Duke se soûlait, il s'en prenait à Ralph, et la vérité, c'était que Ralph était coquet et présentable, et même attirant, d'une façon un peu trop fraternelle, mais il y avait certainement quelque chose que Duke voyait chez Ralph qui représentait tout ce qu'il haïssait au plus haut point. L'éducation, les valeurs de la classe moyenne, et des pantalons qui effleuraient tout juste le dessus de ses chaussures.

— Je te préviens, Bonnie. Je suis capable de saisir Ralph Kosherick par le cou et je suis capable de l'étrangler, crois-moi !

— Duke, tu es ivre.

Il se redressa, tel un missile Polaris filant dans le ciel.

— *Ivre* ? vociféra-t-il. *Ivre* ?

Il saisit les oreillers et les lança à travers la chambre.

— Je suis ton mari et j'essaie de te dire combien je souffre intérieurement, et je suis *ivre* ? Oh, toutes mes excuses ! Peut-être que je devrais arrêter d'essayer de parler avec toi et te faire ce que Ralph Kosherick te fait !

— Duke, mon chéri, cesse de crier, je t'en prie ! Je dois me lever très tôt et Ray a école !

— J'en ai rien à cirer ! hurla Duke. Moi, j'ai pas à me lever pour quoi que ce soit ! Je pourrais rester au lit toute la journée et ça ferait aucune différence !

— Duke...

Il écarta brusquement le drap, se mit sur elle et releva sa chemise de nuit. Le réveil éclaira faiblement ses seins fermes et ronds, son ventre ferme et rebondi. Elle dit « Duke... non... » et essaya de tirer sur sa chemise de nuit pour la baisser, mais Duke lui écarta les cuisses.

— Toi et cet enfoiré de Ralph Kosherick. Toi et cet... *enfoiré*... de Ralph... Kosherick.

Elle le sentait entre ses jambes, aussi mou qu'un souriceau. Il abaissa sa main et essaya de la pénétrer en se tortillant, mais il n'y parvint pas. Il poussait avec ses hanches et grognait. Bonnie ne bougea pas et attendit patiemment qu'il arrête d'essayer, ce qu'il finit par faire. Il se laissa tomber sur elle et sanglota dans son oreille. Sa barbe piquante lui égratignait le cou et ses larmes lui dégouttaient sur l'épaule.

Elle lui donna de petits baisers et lui caressa les cheveux. Ils étaient tellement plus clairsemés, ces derniers temps.

Les choses à faire mercredi

Bonnie rangeait toujours dans son sac à main un petit calepin Tortues Ninja que Ray lui avait offert quand il avait douze ans. Il ne restait plus que quelques pages, et elle devrait suggérer à mots couverts qu'il lui en faudrait un autre dans peu de temps. Elle prit son stylo-bille rouge et fit la liste de tout ce qu'elle avait à faire dans la journée.

Passer au pressing Star-Tex
Rappeler à Ralph lancement de Renaissance Zen
Retrouver Susan pour déjeuner à 13 h 30
Aller chercher pneus pour le camion
Acheter des côtelettes de porc, de la crème glacée, du papier toilette
Téléphoner à Mike Paretti pour insecticide

Elle avait appris chez Pfizer qu'il y avait un nouveau produit chimique très puissant contre les larves, et elle voulait savoir si Mike l'avait déjà essayé. Les asticots, les mouches à viande et autres insectes parasites la dégoûtaient, mais en même temps elle les trouvait fascinants. Un médecin légiste expert en entomologie était souvent en mesure de dire à partir des parasites trouvés dans le corps d'une personne quand cette personne était morte, et comment, et le lieu où elle avait été tuée. Il y avait également une autre chose à propos des parasites. C'était leur totale indifférence à la beauté et à la tragédie humaines. Une seule chose les intéressait : manger.

Le travail de la journée

Ray entra dans la cuisine en bâillant. Ses cheveux rebiquaient comme ceux de Stan Laurel. Il ouvrit le réfrigérateur et regarda fixement à l'intérieur pendant quelque trente secondes. Puis il le referma.

Bonnie termina sa liste, plia la feuille de papier et la glissa dans son sac à main.

— Tu t'es levé de bonne heure.

— Urgghhh... Il faut que je termine mon devoir de maths.

— J'espère que ton père ne t'a pas réveillé ?

— Seulement moi et la moitié de l'agglomération de Los Angeles.

Il prit du pain dans le garde-manger et se prépara trois tartines sur lesquelles il étala du beurre de cacahuète, une couche de presque un centimètre. Puis il coupa deux bananes en petits morceaux et les disposa sur chaque tranche de pain. Il alluma la télévision, replia la première tranche de pain et commença à manger. Il mangeait la même chose tous les matins. Il avait lu dans un magazine que les bananes et le beurre de cacahuète vous aidaient à prendre du poids.

La cuisine était peinte en jaune et avait des rideaux à carreaux jaune vif. Dans la lumière du soleil du matin, elle ressemblait à un décor pour une publicité de cornflakes des années soixante. Un jour, Sydney Omarr, le médium, avait dit à Bonnie que le jaune était sa couleur porte-bonheur. Il lui avait également dit qu'elle verrait plus de morts que la plupart des gens n'en voyaient durant treize vies. Elle ne l'avait pas cru, mais c'était quatre ans plus tôt, avant qu'elle ait lancé « Bonnie, Entreprise de Nettoyage de Scènes de Crime ».

— Ton père va remonter la pente. Attends un peu et tu verras.

— Oh, vraiment ? fit Ray distraitement.

Il regardait *Le Marsupilami.*

— Duke est quelqu'un de bien. Il trouve que la vie est... *déconcertante*, c'est tout.

Elle était debout devant l'évier et finissait son café. Elle regarda Ray, s'attendant à ce qu'il tourne la tête et dise quelque chose, mais il ne le fit pas. Elle but le restant de son café, rinça son gobelet et donna à Ray un baiser sur le dessus de ses cheveux hirsutes et couverts de sueur.

— Je te verrai à six heures. En principe, je ne devrais pas rentrer plus tard que ça. Côtelettes de porc ce soir.

— Entendu, M'man.

Il y eut un silence. Puis elle dit :

— Ray.

Il ne répondit pas. Il savait ce qu'elle allait dire, et elle savait qu'il savait. Néanmoins, elle le dit :

— Je t'aime, Ray. Tout va s'arranger.

Devant la maison, l'allée était juste assez large pour accueillir leurs deux véhicules : le camion Dodge de Bonnie et la Buick Electra vieille de onze ans de Duke. Lorsqu'ils avaient emménagé, Bonnie avait pensé qu'ils vivraient ici pendant deux ou trois ans, puis qu'ils achèteraient une maison beaucoup plus spacieuse, avec une piscine où l'on pouvait faire plus de deux brasses et demie avant d'atteindre le rebord en béton du côté opposé, et où la fumée du barbecue des voisins ne s'engouffrait pas par la fenêtre de votre cuisine. Elle avait imaginé quatre ou cinq orangers, un jacuzzi, et peut-être même une belle vue.

C'était treize ans plus tôt, lorsque Ray avait quatre ans. Elle ne pensait plus aux quatre ou cinq orangers, ni au jacuzzi, et elle n'espérait pas une meilleure vue qu'une palissade peinte en gris. Mais elle continuait de vendre des produits de beauté Glamorex et elle continuait de nettoyer les taches de sang sur des scènes de crime, et elle savait qu'elle était obligée de travailler sans relâche pour une *certaine* raison, même si elle ne s'autorisait jamais à regarder en face cette raison.

Elle adorait Barbra Streisand. Elle aimait tellement *Evergreen* qu'elle passait ce disque à n'en plus finir. Du moins, lorsque Duke n'était pas dans les parages.

Elle prit l'Electra de Duke et se rendit à Venice Boulevard. La climatisation ne marchait pas, et les sièges étaient rafistolés avec du ruban adhésif argenté. Lorsqu'elle atteignit Venice Boulevard, son corsage était trempé et collé à son dos. Elle trouva un emplacement où se garer à seulement un demi-bloc des bureaux de Glamorex. Alors qu'elle s'avançait en hâte sur le trottoir, un homme assez âgé, portant une casquette de golf blanche, lui adressa un large sourire rempli de prothèses dentaires. Un vieillard vénérable, dans les quatre-vingt-cinq ans. « Mince alors ! Quelle belle paire de roberts ! »

Son cerveau n'enregistra pas tout de suite ce qu'il avait dit. Puis elle s'arrêta et se retourna en criant : « Hé, vous ! » Le trottoir était désert. Elle fut tentée de croire qu'elle avait tout imaginé. Elle hésita un moment, fronçant les sourcils, puis elle franchit la porte de l'immeuble, pénétra dans le hall glacial et se dirigea vers les ascenseurs. Ses talons cliquetèrent sur les dalles de marbre.

Au quatorzième étage, le siège social de Glamorex de Hollywood, des dizaines de cartons étaient empilés dans l'antichambre et dans le couloir. Joyce Bach, la directrice commerciale, se tenait au milieu de ce chaos. Ses cheveux noirs frisottés semblaient encore plus désorganisés que d'habitude, une cigarette à moitié fumée pendillait de ses lèvres rouges et brillantes (Sieste écarlate), et chaque fois qu'elle parlait, elle faisait tomber de la cendre sur son tailleur bleu roi.

— C'est incroyable ! Ils ont livré moins de la moitié de la nouvelle gamme de shampooings colorants. Et ils ont imprimé à l'envers tous les coffrets de fond de teint Millennium. Mais qui dirige la fabrication ? Des orangs-outans ?

Ralph Kosherick sortit de son bureau, une planchette porte-papiers à la main. Il avait l'air épuisé. C'était un homme de haute taille au dos légèrement voûté et au visage massif et fripé à la Fred MacMurray. Chaque fois qu'elle lui parlait, Bonnie ressentait une envie irrésistible de sortir ses ciseaux à ongles pour égaliser ses sourcils noirs en broussaille. Il portait une chemise blanche aux manches retroussées et des bretelles violettes qui maintenaient les revers de son pantalon à deux centimètres et demi au-dessus de ses chaussures noires impeccablement cirées.

— Vous êtes en retard, Bonnie, dit-il sans consulter sa montre. Mais... puisque vous êtes aussi ravissante ce matin, je vous pardonne !

— J'espère que vous dites des choses de ce genre à votre femme.

— Bien sûr ! Je m'assure simplement qu'elle ne peut pas m'entendre. Je n'ai pas envie qu'elle prenne la grosse tête.

— Vous êtes épouvantable, Ralph. Quel est mon programme aujourd'hui ?

Il parcourut rapidement les papiers fixés sur sa planchette.

— Je veux que vous commenciez par le grand magasin Marshall, ensuite vous irez au drugstore Hoffman pour voir quel réassort il leur faut. J'ai déplacé à trois heures votre lancement de Millennium.

— Parfait, cela m'arrange. Je déjeune avec quelqu'un à une heure et demie.

— Annulez ce rendez-vous. Et permettez-moi de vous inviter. J'ai découvert ce nouveau restaurant sur Melrose où ils font des feuilles de vigne farcies absolument délicieuses. Rejoignez-moi là-bas lorsque vous aurez terminé chez Hoffman.

— Ralph, c'est très généreux de votre part. Mais comme je vous l'ai déjà dit à plusieurs reprises, je pense que nous devrions maintenir nos relations sur un plan strictement professionnel.

— Strictement, j'adore ça ! Professionnel, je ne sais pas trop.

— Votre femme ne vous bat jamais ?

— Marjorie ? Vous voulez rire ? Elle n'est même pas capable de me battre au Scrabble.

Bonnie prit ses coffrets de démonstration et LeRoy, le coursier, l'aida à les porter jusqu'au rez-de-chaussée. Il avait un baladeur stéréo et il suivit Bonnie jusqu'à sa voiture en se déhanchant, en rythme avec la musique qu'elle entendait faiblement. Elle fut obligée de claquer trois fois le coffre de la voiture de Duke pour le fermer, puis elle demanda :

— Qu'est-ce que tu écoutes ?

LeRoy écarta l'un de ses écouteurs et la regarda en fronçant les sourcils comme s'il ne savait pas qui elle était.

— Vous avez dit quelque chose ?

— J'ai dit : qu'est-ce que tu écoutes ?

Il lui tendit son baladeur et elle écouta pendant un moment. De la musique techno, un martèlement assourdissant, des riffs qui revenaient sans cesse, et quelqu'un qui chantait à n'en plus finir : « Réveillons les morts... tu me tues, mec... réveillons les morts... »

Bonnie lui rendit le baladeur.

— Très chouette. Mais je crois que je préfère Billy Ray Cyrus.

L'acheteuse au grand magasin Marshall était une femme menue, nommée Doris Feinman, qui portait un tailleur noir et tellement de fond de teint qu'elle ressemblait à la doublure d'une actrice du théâtre nô. Elle éparpilla les démonstrations de rouges à lèvres de Bonnie sur son bureau, ôta tous les capuchons et les mélangea.

— Celui-ci s'appelle comment ? Sanguine ? C'est une nuance intéressante, mais vous ne trouvez pas que cela fait un peu *menstruel* ?

— Nous pouvons changer les noms. Ce n'est pas du tout un problème.

— Ah, c'est une bonne nouvelle ! Je n'aime pas du tout Apogée Airelle, non plus. Qui imagine tous ces noms ?

Bonnie ne répondit pas et continua d'arborer l'approximation crispée d'un sourire. Parce que Glamorex était l'un de ses plus petits fournisseurs, Doris Feinman se croyait toujours obligée d'entreprendre le même rituel consistant à mélanger les échantillons de Bonnie et à faire des commentaires caustiques.

— Ce fortifiant pour les cils... il est bien trop épais. Aujourd'hui, les femmes ne veulent plus ressembler à Goldie Hawn. C'est trop insouciant, trop humble, vous ne trouvez pas ?

Bonnie eut du mal même à faire semblant de sourire. Et merde ! pensa-t-elle. Un fortifiant pour les cils *humble* ?

Il fallut une heure et demie à Doris Feinman pour choisir ce qu'elle voulait. Ralph allait être ravi, la commande s'élevait à plus de treize mille cinq cents dollars. Mais Doris Feinman n'avait pas pris un seul fond de teint Millennium. Elle l'avait essayé sur l'une de ses vendeuses et avait déclaré que cela la faisait ressembler à un cadavre.

L'appartement des Goodman

Elle se rendait au drugstore Hoffman lorsque son bippeur sonna. Le message était REJOIGNEZ MUNOZ 8210 DE LONGPRE DÈS QUE POSSIBLE. « Nom de Dieu ! » grommela-t-elle. Elle tourna à gauche sur Spaulding Avenue, puis à droite, et cinq blocs plus loin, dans De Longpre, elle aperçut deux voitures de patrouille et une Oldsmobile gris argenté avec un gyrophare rouge fixé sur le toit. Des voisins et des passants traînaient à proximité — les hyènes, comme Bonnie les appelait —, reniflant des lambeaux de sensations fortes résultant de la tragédie de quelqu'un.

Elle descendit de sa voiture, et l'un des officiers de police souleva le ruban de plastique jaune pour lui permettre de se glisser en dessous.

— L'entreprise de nettoyage, exact ? Amusez-vous bien, jolies miches !

Bonnie lui fit le geste du médius levé.

Une rampe en béton fortement inclinée menait au garage en sous-sol. Le bâtiment lui-même était un immeuble d'appartements de deux étages avec une façade en stuc et peint en ocre couleur rouille. Une volée de marches en briques rouges conduisait à l'entrée principale, et au lieutenant Dan Munoz, accoudé à la rambarde. Il fumait un cigare vert vif et discutait avec Bill Clift, des services du coroner.

Dan salua Bonnie tandis qu'elle montait les marches.

— Bonjour, Bonnie. Vous avez fait vite.

Pour un officier de police, Dan était bel homme d'une manière presque risible, avec des cheveux châtains frisés et des traits réguliers de star de cinéma. Cependant, c'était ses yeux que Bonnie s'efforçait d'éviter. Ils étaient marron et très clairs, et elle avait toujours l'impression qu'il savait absolument tout à son sujet uniquement en la regardant — depuis la recette de cuisine qu'elle avait l'intention d'essayer pour le dîner jusqu'aux instructions pour le lavage sur l'étiquette de sa petite culotte.

Aujourd'hui, Dan portait un costume en soie bleu et une cravate rouge et jaune éclatante, et il embaumait l'eau de toilette Giorgio. Il aurait pu se rendre à un dîner chic, et non être venu examiner une scène de crime. Bill Clift, pour sa part, était couvert de taches de rousseur et affichait un look nettement plus débraillé, avec sa veste en toile toute chiffonnée et la monture de ses lunettes, collée et recollée d'innombrables fois, pour l'heure maintenue par un sparadrap crasseux.

Dan passa un bras autour des épaules de Bonnie et serra affectueusement.

— Si vous arriviez sur les lieux encore plus vite, vous pourriez enrouler les moquettes avant qu'ils commencent à s'entretuer !

Bonnie montra de la tête la porte d'entrée entrouverte.

— De quoi s'agit-il ?

— Venez, je vais vous montrer.

— Je ne sais pas. Je suis très occupée en ce moment. Je suis passée uniquement parce que j'allais au drugstore Hoffman, et c'était sur mon chemin.

— Ma foi, c'est plutôt horrible, croyez-moi. Trois enfants — quatre, sept et neuf ans. Voici ce qui s'est passé. La mère était allée voir ses parents âgés à San Clemente. C'était le soir de congé de la nurse. Le père est allé dans la chambre des enfants et les a abattus à bout portant avec un fusil à pompe. Ensuite il est retourné dans le séjour, a mis le canon du fusil dans sa bouche et a repeint le mur avec l'arrière de sa tête.

— Nom de Dieu ! s'exclama Bonnie. On sait pourquoi il a fait ça ?

— Il a perdu la boule, je suppose. Il n'a pas laissé de lettre expliquant son geste.

— Où est la mère, maintenant ?

— Elle est toujours ici. (Il ouvrit son calepin d'une chiquenaude.) Mme Bernice Goodman, trente-six ans. C'est pour cette raison que je vous ai appelée. Elle va rester chez des amis cet après-midi, mais elle tient absolument à ce que l'appartement soit nettoyé le plus tôt possible.

Bonnie hésita un moment, puis elle dit :

— Bon, d'accord. Je vais jeter un coup d'œil. Vous avez terminé ici ?

— Bien sûr que nous avons terminé. Bill, vous avez terminé, hein ?

— Tout est emballé et prêt à partir.

Dan fit entrer Bonnie dans un vestibule exigu en forme de L. Les murs étaient couverts de photographies d'équipes de bowling. Du fait des flashes, les yeux des joueurs étaient rouges, comme ceux de loups-garous. Dans un coin il y avait une énorme plante d'appartement épineuse et, à côté, une table basse encombrée de presse-papiers en cuivre décoratifs.

— Par ici, dit Dan. C'est la salle de séjour. Enfin, je devrais plutôt dire le mouroir.

Bonnie pénétra dans une pièce spacieuse couleur crème. Les stores à lames verticales laissaient passer une lumière ténue. Style moderne, minimaliste, capitonnage en cuir couleur crème et tables basses en verre. La seule exception était une vitrine d'époque dans un coin, où étaient disposés avec trop de recherche des cocardes de prix, des coupes en argent et des trophées de bowling.

Malgré sa simplicité, la pièce dégageait une atmosphère qui obligea Bonnie à inspirer brusquement comme si elle s'était plongée jusqu'à la poitrine dans une eau glacée. La plupart des scènes de crime dont elle s'occupait remontaient à plusieurs semaines, parfois à plusieurs mois. Mais ici la sensation de mort violente était si récente, si parfaitement accablante que, durant une fraction de seconde, elle crut qu'elle allait tourner les talons et s'en aller, pour ne plus jamais revenir.

— Courage ! lui dit Dan, comme s'il savait exactement ce qu'elle ressentait.

Une immense peinture abstraite était accrochée au mur opposé : un triangle bleu, un carré blanc et un petit point rouge. *Sérénité III*. Sur l'autre mur, il y avait une large traînée en forme d'éventail, sang et caillots rosâtres de cervelle mêlés, et un trou approximativement ovale dans le plâtre où Bonnie aurait pu enfoncer son poing, entouré de dizaines de minuscules mouchetures noires. Les trous causés par les grains de plomb.

Le canapé en cuir crème était éclaboussé et maculé de sang. Bonnie en fit le tour et vit que la moquette blanche derrière le dossier était souillée d'une mare glutineuse rouge vif. Le père des enfants s'était tiré une balle dans la bouche, et ce qui restait de sa tête était tombé en arrière et, comme un pichet renversé, avait répandu son contenu sur la moquette.

Dan la rejoignit et se tint à ses côtés.

— Sûr qu'il s'est pas raté, hein ?

Bonnie hocha la tête.

— Sans aucun doute. Mais c'est toute la différence entre les hommes et les femmes, non ? Lorsqu'une femme se suicide, elle prend toujours soin de le faire sur une surface que l'on peut nettoyer facilement, ou dans la baignoire. Un homme... il s'en fout complètement. Il s'installe au beau milieu du séjour et bang!

— Vous prenez ça vraiment à cœur, on dirait.

— Vraiment? Oui, c'est possible. Cela revient à doubler ses torts d'un affront. C'est exactement comme si cet homme avait dit: «Non seulement ma vie n'a plus aucune importance, et non seulement nos relations n'ont plus aucune importance, mais le foyer que nous avions bâti ensemble n'a plus aucune importance non plus. Alors qu'est-ce que ça peut foutre si je répands ma cervelle dans toute la pièce?»

Elle regarda Dan et reprit :

— Oui, Dan, j'en fais une affaire personnelle. Je suis une femme. Qui plus est, je dois nettoyer tout ça.

— Vous arriverez à faire partir cette tache de sang?

Bonnie se mit à croupetons et passa sa main dans le poil de la moquette.

— C'est un mélange de laine et de nylon. Le problème avec la laine, c'est qu'elle absorbe le sang, et ça ne part pas. J'ai un nouveau dissolvant aux enzymes que je peux essayer... mais il restera néanmoins une marque brunâtre. (Elle se releva.) Je suppose que cela dépend de l'assurance de la femme. Et elle peut toujours déplacer le canapé pour dissimuler la marque.

Dan haussa un sourcil.

— Qu'y a-t-il? dit-elle. J'essaie d'être pratique, c'est tout.

— Oh, bien sûr.

— Dan, une femme n'a pas nécessairement les moyens de se payer une moquette neuve uniquement parce que son mari a été assez égoïste pour se faire exploser la tête au beau milieu du séjour.

— Vous avez probablement raison. (Il jeta un regard

à la ronde et secoua la tête.) Et merde, je me demande ce qui a bien pu lui traverser l'esprit!

Bonnie montra le mur.

— C'était son esprit. Regardez-le maintenant.

— Et qu'est-ce que cela signifie à votre avis, sur un plan plus général?

— A mon avis, cela signifie qu'il y a une sacrée différence entre qui nous sommes et de quoi nous sommes faits.

— Et?

— Et rien du tout. Si ce n'est que je suis soulagée de voir que ce mur a un fini coquille-d'œuf lavable. Par conséquent, le sang n'a pas pénétré jusqu'au plâtre.

— Hé, c'est une chance! dit Dan.

Ils se regardèrent, et tous deux savaient que leurs propos désinvoltes n'étaient qu'une façade. Toute personne qui entrait dans cet appartement et voyait ce qui s'y était passé ne pouvait manquer d'être horrifiée. La lumière ténue, le sang, le vide effroyable. Le bourdonnement sans fin d'une mouche.

— Et les chambres? demanda Bonnie.

Les chambres

Un couloir partait du côté gauche du séjour et conduisait à la chambre principale, à la salle de bains et à trois autres chambres. La plus petite comportait un lit à une place, un bureau et des étagères. Les murs étaient décorés de posters de Brad Pitt et de Beck. De la fenêtre on avait une vue du côté du garage de l'immeuble voisin, avec un ballon de basket dégonflé sur le toit.

— La chambre de la nurse, expliqua Dan.

Il emmena Bonnie jusqu'à la chambre au fond du couloir. C'était ici que le petit garçon âgé de quatre ans et la petite fille âgée de sept ans avaient dormi, dans des lits superposés. Une odeur métallique, marron, flottait dans cette chambre — l'odeur du sang qui a séché récemment. La chambre avait un joli papier peint orné de bandes bleues et de fleurs roses entrelacées. Un coffre à jouets peint en bleu était placé sous la fenêtre, rempli de poupées Barbie, de meubles pour une maison de poupée, de voitures miniatures et de personnages de *La Guerre des étoiles*. Sur les murs il y avait des reproductions encadrées de *La Maison de Jack*, de Randolph Caldecott.

Il était quasiment impossible de regarder les lits superposés. Au moment du drame, les deux enfants dormaient d'un profond sommeil dans des couettes Disney ornées d'images du *Roi Lion*, et les couettes avaient été déchiquetées et réduites en des lambeaux noircis et ensanglantés, telles de monstrueuses fleurs épanouies. Les matelas des deux lits étaient trempés de cramoisi. Le Roi Lion continuait de sourire avec bienveillance à Bonnie ici et là au milieu du carnage. Il y avait du sang jusqu'en haut des murs, et deux traînées de sang en forme de parapluie sur le plafond. Ce n'était guère une consolation de se dire que les enfants n'avaient pas eu le temps de comprendre ce qui leur arrivait.

Bonnie ramassa une poupée de chiffon, puis elle s'aperçut qu'un filament de tissu humain non identifiable était collé sur le visage de la poupée. Dan l'observait, aussi se contenta-t-elle de reposer la poupée.

— Vous savez, nous avons beaucoup de choses en commun, vous et moi, dit Dan.

— Vous trouvez ?

— On devrait peut-être prendre un verre ensemble un de ces soirs, et parler.

Bonnie se tourna vers lui.

— Pourquoi voudriez-vous me parler, Dan ? Je suis une mère âgée de trente-quatre ans et j'ai trois sujets de conversation en tout et pour tout. Les recettes de cuisine, les produits de beauté, et le nettoyage de gâchis comme celui-ci.

Elle se rendit compte que Dan avait envie de dire quelque chose, mais il n'en fit rien. Il se détourna et l'emmena dans la chambre de la fillette âgée de neuf ans. Des rideaux roses, retenus par des rubans. Une petite coiffeuse, où étaient soigneusement disposés des produits de beauté factices, ainsi que trois ou quatre tubes de rouges à lèvres presque terminés que sa mère lui avait probablement donnés. Bonnie prit l'un d'eux. Ecarlate Saisissant, de Glamorex.

Le lit offrait le même spectacle de carnage sanglant que

les deux autres, mais ici, apparemment, le premier coup de feu tiré par le père n'avait pas été immédiatement mortel. Il y avait des traces laissées par des mains sur le mur, et le petit tapis blanc en peau de mouton près du lit était poissé de sang, à tel point qu'il ressemblait à un animal égorgé.

— Elle a eu la moitié du bassin arrachée, mais elle a essayé de s'enfuir, expliqua Dan. Elle a réussi à arriver jusqu'à la fenêtre.

— Oui, c'est ce que je vois.

Ils examinèrent la chambre quelques instants encore, puis Dan demanda :

— Vous pensez que vous y arriverez ?

Bonnie acquiesça de la tête. Puis :

— Je vais parler à la mère.

Modalités

Mme Goodman était assise à la table de la cuisine. Un officier de police, une Noire, se tenait près d'elle, une main posée sur son épaule. Mme Goodman était une femme svelte au nez proéminent et aux cheveux blond doré coiffés en un chignon strict. Elle portait une robe noire avec une broche diamantée en forme de caniche. Elle serrait contre elle un gobelet de café qu'elle n'avait pas bu, et elle regardait devant elle, dans le vide.

Bonnie fit à l'officier de police un petit signe des doigts, et celle-ci lui sourit en retour.

— Bonjour, Martha, chuchota-t-elle. Je ne vous ai pas vue depuis des siècles. Tyce va bien ?

Dan se pencha vers Mme Goodman et dit :

— Madame Goodman ? Voici la dame du nettoyage dont je vous ai parlé.

Bonnie se pencha vers elle à son tour.

— Madame Goodman ? Je m'appelle Bonnie Winter, de l'entreprise de nettoyage Bonnie. Si cette conversation survient beaucoup trop tôt pour vous, dites-le-moi. Je peux revenir une autre fois. Mais le lieutenant Munoz m'a dit que vous vouliez que votre appartement soit remis en état le plus tôt possible.

Mme Goodman ne répondit pas, ne la regarda pas.

— Elle est toujours en état de choc ? demanda Bonnie à Dan. Vous devriez la conduire à l'hôpital, non ?

Mais Mme Goodman redressa la tête et dit :

— Non, non, ça va. Je veux rester ici. C'est ici que mes bébés sont morts. Je veux rester.

Bonnie approcha l'une des chaises de cuisine et s'assit à côté d'elle. L'ombre en dents de scie d'un yucca dodelinait sur le store et, pour quelque raison, évoqua pour Bonnie un perroquet gigantesque. Elle retira doucement le gobelet de café des doigts de Mme Goodman et le posa sur la table.

— Pourquoi a-t-il fait ça, à votre avis ? lui demanda Mme Goodman au bout d'un moment.

— Je pense que deux personnes seulement le savent, madame Goodman. Votre défunt mari et Dieu.

— Il aimait tellement nos bébés. Je crois qu'il les aimait encore plus que je ne les aimais. Il disait souvent qu'ils faisaient sa fierté, parce qu'ils étaient à nous, et que *je* faisais sa fierté.

— On ne connaît jamais quelqu'un totalement, dit Bonnie. Prenez mon mari. Ce qu'il pense, c'est un mystère complet. Pour moi, en tout cas.

Mme Goodman déplia un Kleenex et s'essuya les joues.

— Mon père affirmait que Aaron tournerait mal. Il disait que j'avais fait une mésalliance et que j'aurais dû épouser un avocat ou un agent immobilier, quelqu'un de sérieux, et certainement pas un gérant de pressing.

— Hé, quand vous tombez amoureux de quelqu'un, c'est plus fort que vous !

— Je sais. Mais pourquoi a-t-il *fait* ça ? Je lui ai parlé au téléphone seulement une demi-heure avant que cela ne se produise, et il semblait tout à fait normal. Il avait l'intention d'aller pêcher au bassin de retenue vendredi. Quand on a l'intention d'aller pêcher, on ne tue pas ensuite ses enfants !

Bonnie prit sa main.

— Je suis parfaitement incapable de comprendre pour quelle raison votre mari a fait ce qu'il a fait, madame Goodman, mais je peux faire de mon mieux pour nettoyer cet appartement afin que vous puissiez continuer d'y vivre jusqu'à la fin de vos jours.

Les larmes commencèrent à couler de nouveau sur les joues de Mme Goodman, et cette fois elle n'essaya même pas de les essuyer.

— Ils étaient si beaux. Ils étaient tellement, tellement beaux. Le petit Benjamin, la petite Rachel, la petite Naomi...

Bonnie laissa passer un moment tandis que Mme Goodman pleurait en silence. Finalement, elle consulta sa montre.

— Madame Goodman, la plupart des gens ignorent que la police ne s'occupe pas du nettoyage après une tragédie comme celle-là. Vous devez faire appel à un spécialiste comme moi et le payer pour ce travail. Bon, je ne suis pas la seule entreprise de nettoyage disponible dans cette ville. Je vais vous faire un devis, mais vous êtes parfaitement libre de regarder dans les pages jaunes si vous trouvez que mes tarifs sont trop élevés.

Mme Goodman la regarda en fronçant les sourcils comme si elle parlait en chinois.

— Est-ce que vous avez une assurance, madame Goodman ? insista Bonnie. Je suis désolée de paraître aussi pratique, mais un travail de nettoyage comme celui-ci pourrait entraîner de gros frais.

— Une assurance ?

— Vous devriez l'écouter, madame Goodman, intervint Dan. Cette dame sait de quoi elle parle.

— En ce moment, madame Goodman, vous êtes extrêmement vulnérable, lui expliqua Bonnie. Toutes sortes d'arnaqueurs vont vous contacter. Pour vous proposer de nettoyer votre appartement, de s'occuper de la succession, de gérer votre argent. Tout ce que j'essaie de faire en ce moment, c'est protéger vos intérêts.

— Aaron ne s'intéressait pas à l'argent. Quand il en avait, il le dépensait.

— J'en suis sûre. Mais ce travail pourrait vous coûter jusqu'à mille cinq cents dollars, sans compter la moquette et les meubles à remplacer. Vous êtes probablement tranquille de ce côté. La plupart des polices d'assurance couvrent également ce genre de frais. Si vous m'indiquez le nom de votre assureur, je lui téléphonerai cet après-midi... afin de vérifier que vous avez droit à des indemnités.

— Mon assureur ? Je n'en sais rien. C'est Aaron qui s'occupait de toutes ces questions.

— Ecoutez, rien ne presse. Voici ma carte. Dès que vous trouverez qui est votre assureur, appelez-moi.

— Mais vous pouvez vous en charger, n'est-ce pas ? Vous pouvez nettoyer l'appartement ? Vous pouvez lui redonner l'aspect qu'il avait avant ?

— Tout à fait, madame Goodman, ne vous inquiétez pas.

— Mais vous ne pouvez pas redonner à ma vie l'aspect qu'elle avait avant, n'est-ce pas ?

— Non, madame Goodman, c'est impossible.

Mme Goodman serra la main de Bonnie. Ses doigts étaient glacés, et Bonnie eut l'impression d'être agrippée par un cadavre.

— Vous voulez bien m'appeler Bernice ?

— Bernice ? Bien sûr, si c'est ce que vous désirez.

Au moment où Bonnie s'apprêtait à quitter l'appartement des Goodman, un homme d'une trentaine d'années en costume d'été en toile entra, suivi d'une jeune Mexicaine âgée de dix-sept ans environ, portant une robe sans manches bleu foncé ornée de grosses fleurs noires. L'homme faisait trois centimètres de moins que Bonnie, avait des cheveux roux ondulés et des lunettes sans monture. La jeune fille était affligée d'un visage ingrat aux joues grêlées et encadré de nattes.

— Je peux vous aider ? demanda Dan à l'homme.

— Dean Willits, un ami de la famille. Je suis venu voir Mme Goodman. Et Consuela doit récupérer ses vêtements.

— Ah, oui. Mme Goodman est là-bas, dans la cuisine. Je vais demander à un officier de police d'accompagner Consuela.

Dean Willits parcourut le séjour du regard.

— Bordel de merde ! s'exclama-t-il lorsqu'il aperçut le trou dans le plâtre et les traînées de sang sur le mur. Je ne m'attendais pas à ça !

— Et si vous emmeniez Mme Goodman sans plus attendre ? lui suggéra Dan.

— Ouais, bien sûr. Excusez-moi. Aaron était un ami très proche, c'est tout. Un père formidable, vous savez ? Un père vraiment exceptionnel. Il n'a jamais levé la main sur ses gosses.

— Bien sûr... fit Dan.

Ils sortirent et retrouvèrent l'éclat du soleil de la mi-journée.

— Je compte sur vous, hein ? dit Dan.

— Pas de problème, répondit Bonnie.

— Quelque chose vous tracasse ?

— Non, pas vraiment. Je me demandais juste la même chose que Mme Goodman. Un père formidable qui adorait ses enfants. Qu'est-ce qui lui a pris de les *tuer* ?

Dan secoua la tête.

— Dans des affaires comme celle-là, on ne le découvre jamais.

Bonnie se glissa sous le ruban de la police et se dirigea vers sa voiture. Dan la suivit et lui ouvrit sa portière. Elle grogna sur ses gonds, comme un porc en colère.

— Je vous invite à dîner demain soir ?

— Je ne suis pas votre genre de femme. De surcroît, qu'est-ce que je dirais à Duke ?

— Vous n'êtes pas obligée de lui dire quoi que ce soit. Nous vivons une époque d'égalité des sexes.

— Des conneries ! Si nous vivons une époque d'égalité des sexes, alors expliquez-moi pourquoi j'ai deux jobs pendant que mon mari reste à la maison à regarder la télé !

— Vous devriez vous arrêter un moment, Bonnie. Vous devriez vous promener et respirer le parfum des fleurs.

— Désolée, Dan. Je suis trop occupée à frotter des murs pour en faire partir l'odeur de cadavre.

— Cynique !

— Coureur de jupons !

Menu

Elle déjeuna avec son amie Susan Spang au restaurant L'Arc-en-Ciel-Vert, situé au coin de Sunset et d'Alta Loma. Il lui fallut plus de quinze minutes pour déterminer ce qu'elle devait manger, tandis que Susan jouait impatiemment avec sa fourchette. Finalement, elle choisit :

Salade de chou rouge chaude avec du chorizo, des olives vertes et du fromage de chèvre (674 calories)
Bœuf sauté et maïs doux avec des confetti de poivre (523 calories)
Figues grillées (311 calories)
Eau d'Evian (0 calorie)

Le sens de la tragédie humaine

Elle connaissait Susan depuis le lycée. A cette époque, elles étaient des amies intimes, presque des sœurs, et plus tard elles seraient des stars de cinéma. Elles avaient même découpé des étoiles dans des feuilles d'aluminium, écrit leurs noms dessus, et elles les avaient collées sur le trottoir de Hollywood Boulevard. Bonnie s'appellerait « Sabrina Golightly » et Susan « Tunis Velvet ». A présent, elles se voyaient seulement trois ou quatre fois par an, et elles n'avaient pas grand-chose à se dire, mais Bonnie répugnait à mettre un point final à leur amitié. Cela reviendrait à admettre, définitivement, que ses rêves d'adolescente ne se réaliseraient jamais et qu'elle ne posséderait jamais une bague de diamants valant un million de dollars ou une maison rose à Bel Air. Indépendamment de ce fait, Susan était sa seule amie à ne pas parler de shopping ou d'enfants ou de la façon d'accommoder les restes de poulet.

Susan était très grande et exubérante, avec des cheveux noirs et lustrés qui lui descendaient jusqu'à la taille, un visage très pâle à l'air famélique et d'immenses yeux noirs. Ce jour-là, elle portait une jupe courte violette brodée d'étoiles en argent et un énorme chapeau en feutre qui donnait l'impression qu'un nain du Moyen Age était perché sur sa tête.

Elle était assise à une table dans le coin de la salle, ses longues jambes croisées au-dessous.

— Tu as l'air *é-pui-sée* ! fut la première chose qu'elle dit lorsque Bonnie arriva.

— Merci. Je le suis.

— Evite de faire grincer ta chaise en t'asseyant, d'accord ? J'ai très mal à la tête, une fois de plus.

— Désolée. Tu aurais dû décommander.

— Je n'avais pas envie de décommander. Je voulais te voir. J'en ai tellement marre de tous ces gens qui ne sont pas réels.

— Eh bien, je suis contente d'apprendre que je suis réelle !

— C'est la vérité. Tu es complètement réelle. Tu l'as toujours été. Je me demande comment tu fais pour rester aussi réelle.

— Je me le demande, moi aussi.

Un garçon d'origine chinoise portant un grand tablier vert s'approcha de leur table et leur récita les plats du jour.

— *Sangchi ssam*, qu'est-ce que c'est ? l'interrompit Susan.

— C'est un plat inspiré de la cuisine coréenne. Bœuf haché très relevé avec du tofu et des pousses de bambou, et une sauce piquante à la menthe.

Bonnie pensa : Je donnerais n'importe quoi pour un double cheeseburger au bacon ! Mais cette fois, c'était Susan qui avait choisi le restaurant.

Susan avala un comprimé d'ibuprofen qu'elle fit descendre avec la moitié d'un verre d'eau d'Evian.

— Je ne bois plus de Perrier. Cela me rappelle trop Clive.

— Que devient Clive ?

— Oh, il est toujours avec cette adolescente aux seins siliconés. Si tu le voyais ! Non, surtout pas ! Il s'est fait teindre les cheveux en blond. On dirait un extraterrestre. Ma foi, il a toujours eu l'air d'un extraterrestre.

— Duke va bien, dit Bonnie spontanément.

— Et Ray ? Je parie qu'il mesure plus de trois mètres maintenant ! Il veut toujours être catcheur ?

Bonnie sourit et secoua la tête. Elle eut brusquement conscience de la fuite du temps.

— Et comment vont les *affaires* ? demanda Susan en faisant une grimace de goule.

— Pas de problème, ça tourne rond, super. Nous avons une mort naturelle demain et deux suicides vendredi. La mort naturelle ne devrait pas être une partie de plaisir. Le type est mort dans son jacuzzi, et on l'a découvert seulement sept semaines et demie plus tard. Les graisses de son corps avaient bouché le tuyau d'écoulement.

— Mon Dieu, Bonnie, je ne sais vraiment pas comment tu tiens le coup. Moi, je ne pourrais pas. Je pense que... je ne sais pas ce que je ferais. Je vomirais. Je m'évanouirais. Les deux. Je vomirais et je tomberais dans les pommes.

— Il faut bien que quelqu'un fasse ce boulot. La police ne s'en charge pas, les services du coroner ne s'en chargent pas, et le comté ne s'en charge pas. C'est un service public, tout simplement.

— Je ne suis même pas capable d'y penser. *L'odeur.* Un jour, un coyote est mort dans la remise du jardin...

Bonnie haussa les épaules.

— Une couche de Vicks sur ta lèvre supérieure, et tout baigne !

Susan frissonna.

Alors qu'elles déjeunaient, le téléphone cellulaire de Bonnie sonna. C'était Dean Willits, qui appelait de la part de Bernice Goodman. Il était dans sa voiture et roulait sur l'autoroute de Ventura. Sa voix était saccadée.

— J'ai parlé à l'assureur de Mme Goodman. Il a dit pas de problème, allez-y et faites le boulot. Ce type s'appelle Frears. Il a dit qu'il vous connaissait.

— C'est parfait, monsieur Willits. Je pense que je pourrai aller là-bas demain après-midi.

— Frears a les clés, d'accord ?

Bonnie revint à son bœuf sauté. Elle prit une bouchée de bœuf et de maïs et commença à mâcher, mais la viande était tiède, huileuse et saignante, et elle pensa brusquement aux lits des enfants, avec les couettes déchiquetées et couvertes de sang, et elle fut incapable d'avaler. Finalement, elle eut des haut-le-cœur et recracha le tout dans sa serviette.

— Qu'y a-t-il ? s'exclama Susan. Bonnie... tu es devenue si blanche !

— C'est quelque chose que j'ai vu ce matin, c'est tout. Tu n'aimerais pas que je t'en parle pendant que tu manges.

— Pour l'amour du ciel, raconte-moi ! Les amies sont faites pour ça, non ?

Bonnie lui décrivit l'appartement des Goodman. Susan écouta sans l'interrompre et hocha la tête.

— Voilà, c'est tout, dit Bonnie. J'ignore pourquoi cela m'a affectée davantage que les autres scènes de crime que j'ai vues jusqu'à présent. J'ai peut-être ressenti la même chose que Mme Goodman... comme si les enfants étaient toujours là, tu sais ? Ou du moins leurs âmes.

— Tu as vraiment senti la présence de leurs âmes ?

— Je ne sais pas... j'ai senti quelque chose. Comme s'il y avait quelqu'un dans l'appartement, mais il n'y avait personne. C'était affreux. Très déprimant.

— Tu as senti la présence de leurs âmes. C'est merveilleux ! Tu sais ce que c'est ?

— Excuse-moi, je ne comprends pas.

— C'est le Gilgul, la transmigration des âmes. Tu as été capable de sentir cela, ce qui montre que tu es très réceptive. Tu devrais vraiment aller voir mon maître en cabale. Il s'appelle Eitan Yardani, et il t'ouvre les yeux, c'est incroyable ! Avec lui, tu sais que ta vie sera tellement *accomplie* !

— Susan, mais de quoi parles-tu ?

— De la cabale, bien sûr ! Tout le monde est branché sur la cabale. Madonna, Elizabeth Taylor. La cabale te montre comment trouver toutes les réponses à ton moi intérieur. Il n'y a qu'un seul Dieu, En Sof, et il est tellement éloigné de la pensée humaine que certains cabalistes l'appellent Ayin, le Néant.

— Mais la cabale, c'est juif, non ? Je suis catholique.

— Et alors ? Madonna est juive ? Je suis juive ? Du moment que tu trouves la vérité infinie, peu importe quelle est ta religion ! La cabale nous enseigne que toute chose dans la vie a un sens particulier, même si ce sens est caché. Ces enfants sont morts pour une raison, Bonnie, et en étudiant les textes, tu pourrais découvrir quelle est cette raison.

— Je pense que je n'ai pas *envie* de découvrir quelle est cette raison.

— Tu les as sentis, Bonnie ! Tu as senti leur présence ! C'est totalement cabalistique. Tu n'as peut-être pas envie de savoir... mais s'ils avaient envie de te le dire ?

Bonnie ne savait quoi répondre. Si Susan n'avait pas été son amie de toujours, elle aurait laissé tomber sa fourchette et serait partie. Elle avait l'habitude des engouements spirituels de Susan. Le mois précédent, Susan n'arrêtait pas de s'enthousiasmer pour le Dalaï-lama, et au printemps c'était le soufisme. Mais en ce qui concernait

Bonnie, Benjamin, Rachel et Naomi avaient été assassinés moins de vingt-quatre heures auparavant, et on ne pouvait pas expliquer leur mort par la cabale, ni par le tarot, ni par quoi que ce soit, excepté la simple vérité des faits, même si cette vérité pouvait être effroyable. Leur père avait disjoncté et les avait abattus. Point final.

— Tu sais ce que tu devrais faire, Susan ? l'interrompit-elle. Un jour, tu devrais venir avec moi lorsque nous nettoyons une scène de crime. On n'arrive pas à croire que le corps humain puisse contenir autant de sang.

— Je te l'ai dit, je dégobillerais.

— Peut-être bien. Mais tu regarderais l'infinitude droit dans les yeux, et je pense que tu laisserais tomber ta cabale.

— Tu te moques de moi.

— Absolument pas, dit Bonnie en poussant son assiette sur le côté. Excuse-moi. Je n'aurais pas dû te parler de tout ça. C'était déloyal.

Susan piocha dans sa salade de thon cru.

— Tu as changé. Tu le sais ? Avant, tu n'étais pas aussi cynique.

— Excuse-moi. J'ai dit que je m'excusais.

— J'essayais seulement de t'aider, Bonnie. J'essayais seulement de te montrer que la vie a également son côté positif. Enfin, tu es tellement négative ces derniers temps !

— Quoi ? s'exclama Bonnie.

— Je n'arrive pas à... je ne sais pas. C'est comme si tu étais quelqu'un d'autre.

— Je ne comprends pas. Comme si j'étais quelqu'un d'autre ? Que veux-tu dire ?

— Avant, tu n'arrêtais pas de rire. Tu étais toujours comme... je ne sais pas. La lumière du soleil.

Bonnie s'aperçut qu'elle se grattait l'avant-bras avec inquiétude.

— Mais je ris toujours, s'insurgea-t-elle.

Tout en pensant : Quand ? A quand remonte la dernière fois où j'ai vraiment ri ?

— Je ne voudrais pas te faire de la peine, Bonnie. Mais c'est déprimant !

— Tu trouves que je suis déprimante ?

Susan posa la paume de ses mains à plat sur la table et regarda Bonnie droit dans les yeux. Elle respirait par petits reniflements contenus.

— Je vais te dire quelque chose, Bonnie. Je suis positive dans la vie. Cela m'a pris des années pour trouver la vie. Et quand je dis vie, je parle de la création, de l'accomplissement et de la transformation.

— Oui ? Je le sais. Comme tout le monde, non ? Et que veux-tu que je te réponde ?

Susan ouvrit la bouche et la referma sans dire un seul mot. Elle était tellement bouleversée qu'elle hyperventilait.

— C'est juste que... lorsque je te regarde, je vois la mort. Quand tu es entrée dans le restaurant, je l'ai sentie tout de suite. Tu apportes la mort avec toi, comme si tu la... *portais*. Comme un voile noir, Bonnie. Et je ne le supporte pas. Je suis désolée, mais je devais te dire ce que je ressens. Cela me terrifie, et cela me démoralise.

— Alors ? Tu ne veux plus me voir ? C'est ce que tu essaies de me faire comprendre ?

Susan était en larmes. Elle agita vaguement la main, puis plaqua ses doigts sur sa bouche.

— Ecoute, Susan, si tu ne veux plus me voir, dis-le franchement. Si je suis la mort incarnée... tu sais... je ne désire pas jeter une ombre sur ton affirmation spirituelle ou quoi que ce soit. Dieu m'en préserve. Ou En Sof m'en préserve. Ou ce que tu voudras.

Le garçon survint.

— Est-ce que tout va bien ? demanda-t-il en regardant d'un air inquiet leurs assiettes quasiment pleines.

Susan sortit un petit mouchoir en papier de son sac à main minuscule et se moucha. Elle ne regarda même pas Bonnie.

— Je t'invite, dit-elle en montrant sa carte au garçon.

— Je suis la mort, hein ? dit Bonnie tandis qu'elles attendaient la note. Tu penses vraiment que je suis la mort ?

— Excuse-moi, Bonnie. J'ai une migraine atroce. Tu avais raison. J'aurais dû décommander.

Elle se leva, mais Bonnie la retint par la manche.

— Nous nous reverrons ?

Susan chuchota « Bien sûr » mais Bonnie savait qu'elle mentait. Elle resta assise et la regarda s'en aller. Elle l'aperçut une dernière fois alors que Susan traversait Sunset et ramenait ses cheveux en arrière de la main. Un dernier Polaroïd figé. Elle songea à tous ces jours et à toutes ces nuits, à toutes ces fêtes et à tous ces trajets en bus, à tous ces rires et à leurs désespoirs d'adolescentes. Un jour, elles s'étaient embrassées, sur la jetée de Venice Beach, au coucher du soleil, avec les cris des mouettes, parce qu'elles s'aimaient. L'amour, toujours jeune et éternel, rarement rencontré.

Le garçon s'approcha.

— Désirez-vous autre chose, madame ?

— Non, je vous remercie, dit Bonnie. Ce qu'il me faudrait, vous ne l'avez pas ici.

Elle s'arrêta à mi-hauteur de Hollywood Boulevard, en double file, et entra dans le Super Star Grill. C'était bruyant à l'intérieur, tout en carreaux vernissés et chrome, avec Meatloaf qui hurlait *Bat Out of Hell.* Elle s'acheta un chili-dog géant avec des oignons et de la choucroute, revint dans sa voiture et le mangea goulûment tout en observant ses yeux dans le rétroviseur.

Alors voilà à quoi ressemble la mort. A une blonde de trente-quatre ans aux lèvres barbouillées de sauce piquante. Elle finit le hot-dog et repartit, les mains poisseuses. Elle n'était même pas arrivée à Vine Street lorsqu'elle fondit brusquement en larmes.

Duke fait des excuses

Duke avait acheté une douzaine de roses rouges, lesquelles se fanaient sur la table de la cuisine. Il entra, venant du jardin, et continua d'exhaler la fumée de sa cigarette. Elle n'aimait pas qu'il fume dans la maison. Il portait un T-shirt noir décoloré, orné du logo de Harley Davidson.

— Hé, regarde, je suis désolé, dit-il.

Elle posa ses sacs d'épicerie.

— Tu es désolé pour quoi ? De temps en temps, tout le monde a des jours sans.

— Ce truc du poulet à la mexicaine. C'était...

— Dingue ? Oui, c'était dingue. Mais c'était hier et nous sommes aujourd'hui et je te remercie pour les fleurs. Elles t'ont coûté combien ?

Duke haussa les épaules et eut l'air embarrassé.

— Elles étaient... euh, je les ai eues pour pas très cher.

— Et ça fait combien, « pas très cher » ?

— Je les ai eues gratis, d'accord ?

Elle prit les fleurs.

— Tu as eu une douzaine de roses rouges gratis ? Qu'est-ce que tu as fait ? Tu les as piquées sur la tombe de quelqu'un ?

— Rita, chez le fleuriste. Tu connais Rita. Je lui ai

raconté ce qui s'était passé, et disons qu'elle a eu pitié de moi.

— Oh, parfait. Maintenant *Rita* sait que nous nous sommes disputés à propos d'un poulet à la mexicaine ? A qui d'autre en as-tu parlé ? A Jimmy, du magasin de réparation de téléviseurs ? A Karen, de l'institut de beauté ? Je suppose que la prochaine fois que j'irai au marché, ils vont tous caqueter comme des poules et chanter *La Cucaracha* ?

Duke frappa le plan de travail du poing.

— Et merde, pourquoi te sens-tu toujours obligée de faire des plaisanteries à la con ? Pourquoi tournes-tu toujours en dérision tout ce que je dis ? Je t'ai apporté des roses parce que je voulais te dire que j'étais désolé pour hier, d'accord ? Je t'ai apporté des roses pour m'excuser. Et qu'est-ce que j'obtiens en retour ? « Tu les as piquées sur la putain de tombe de quelqu'un ? »

Bonnie reposa précautionneusement les roses sur la table. Il était dix-neuf heures largement passées, et elle aurait dû commencer à préparer le dîner.

— Hier, à la même heure, dit-elle, trois jeunes enfants s'apprêtaient à se mettre au lit.

— Hein ? s'exclama Duke, totalement déconcerté. Quels enfants ?

— Un enfant de neuf ans, un enfant de sept ans et un enfant de quatre ans seulement. Je sais même comment ils s'appelaient.

— Ah ouais, et alors ? Qu'est-ce que tu racontes ?

Elle regarda la pendule de la cuisine.

— C'était hier. Aujourd'hui, ils sont morts.

— Quoi ? fit Duke.

Bonnie vint à lui, passa ses bras autour de sa taille et l'étreignit.

— Hé, me serre pas si fort, je peux pas respirer ! haleta-t-il.

— Tu n'as pas à t'excuser et à m'apporter des fleurs ou quoi que ce soit. C'est moi. Je ne sais pas ce qui m'arrive.

— Tu travailles foutrement trop dur, c'est tout. Tu devrais laisser tomber ce truc de nettoyage. Et merde, c'est pas un boulot normal. Je sais que ça rapporte du fric, mais on pourrait vendre le camion et se faire quelques billets, d'accord ? Et je vais te dire ce que je vais faire. Je vais me chercher un job, d'accord ? Je vais le faire, je le jure solennellement devant Dieu. N'importe quel job. Promener des chiens, n'importe quoi. Promis, juré, craché !

— Tu détestes les chiens !

— Je les adore. Excepté ce schnauzer qui m'a arraché un gros morceau du cul.

Bonnie éclata de rire. C'était la première fois de toute la journée qu'elle riait de bon cœur.

Le lendemain matin

Elle se tenait nue sur le pèse-personne dans la salle de bains et se regardait dans le miroir.

Taille 1,78 m
Poids à atteindre 70 kilos
Poids actuel 74 kilos

Ray frappa à la porte.

— Grouille-toi, M'man. Je vais rater mon bus.

— Je te conduirai au lycée, répondit-elle.

Elle eut besoin de se regarder quelques minutes encore, comme pour vérifier qu'elle n'allait pas disparaître.

Nettoyage

Ce matin, elle avait deux de ses trois assistantes à temps partiel pour lui donner un coup de main, Ruth et Esmeralda. Jodie s'était ébouillanté le bras et devait prendre deux semaines de repos. Ruth portait un survêtement de jogging rouge cerise, ses cheveux coiffés en arrière et pris dans un foulard en mousseline de soie jaune. Esmeralda était une Mexicaine grassouillette à l'air sérieux, avec des cernes foncés sous les yeux, comme si elle n'avait pas dormi depuis un mois. Aujourd'hui, comme d'habitude, elle était vêtue de noir et portait des chaussures noires à lacets qui couinaient de façon monotone sur le carrelage de la cuisine.

A elles trois, elles enroulèrent la moquette du séjour. Elles furent obligées de soulever le canapé pour dégager la moquette. Le canapé était si lourd qu'elles se retrouvèrent à bout de souffle.

— Je deviens trop vieille pour ce boulot, dit Ruth.

— Tu devrais faire plus d'exercice. Pourquoi ne viens-tu pas avec moi à mes cours de tai-chi-chuan ?

— Parce que je n'irai jamais, exactement comme *tu* n'y vas jamais.

— J'y suis allée la semaine dernière. Enfin, peut-être

la semaine précédente. C'est tellement difficile de trouver le temps, tu sais. Ma vie semble tellement... *remplie.*

D'une voix étrangement inquiète, Esmeralda dit :

— Cette tache a traversé la moquette jusqu'au plancher.

Bonnie s'approcha et examina la tache. Le sang d'Aaron Goodman avait pénétré la thibaude, dessinant une large éclaboussure brunâtre, comme un test de Rorschach.

— Pas de problème, c'est du chêne, déclara Bonnie. Nous arriverons probablement à en faire disparaître la plus grande partie si nous la frottons avec du perborate.

Esmeralda se signa.

— Je crois qu'il vaut mieux que je commence par le mur.

— Tu es sûre ? C'est pas très ragoûtant.

— Non, non. Je m'occupe du mur.

— Quelque chose ne va pas ? lui demanda Bonnie.

— J'ai mal aux genoux. J'évite de me baisser.

— Tu t'es signée.

Esmeralda lui adressa un regard terne, sur la réserve.

— Un petit geste de respect pour les morts, c'est tout.

— Entendu. Ruth, tu peux faire le plancher. Moi, je vais commencer à mettre les dessus-de-lit dans des sacs.

Elles travaillèrent pendant une heure et demie. Le nettoyeur à vapeur de Bonnie sifflait et chuintait dans les chambres, tandis que l'aspirateur de Ruth ronronnait dans le reste de l'appartement et que la brosse dure d'Esmeralda frottait les murs, en une cadence vive et percutante.

Habituellement, Bonnie chantait pendant qu'elle travaillait. « L'amour, toujours jeune et éternel... » Mais elle demeura silencieuse dans la chambre de Naomi. Elle ne parvenait pas à détacher ses yeux des motifs ensanglantés que les mains de Naomi avaient laissés sur le mur. Pourtant, pour une raison ou pour une autre, elle était incapable de se résoudre à les effacer. Cela reviendrait quasiment à nier les derniers instants de souffrance et de stupeur de Naomi.

Elle se surprit à se demander ce que Naomi avait bien pu penser de son père, tandis qu'elle se traînait vers la fenêtre. Elle ne supportait pas de penser que Naomi lui avait crié de venir à son secours.

Esmeralda entra avec un torchon et un spray de Dettox.

— J'ai terminé le mur, dit-elle.

Sans la moindre hésitation, elle vaporisa du Dettox sur les traces ensanglantées et frotta pour les faire partir.

Bonnie débrancha son nettoyeur, et il se tut après un dernier gargouillis.

— Tu peux commencer le canapé si tu veux.

— Elle garde le canapé ?

— Un canapé à mille dollars ? Je veux !

— Je pourrais pas garder mon canapé si mon mari s'était flingué dessus. Même si c'était un canapé à dix mille dollars. J'aurais toujours l'impression qu'un mort est assis à cet endroit.

— Ouais, eh bien, j'ai la même impression lorsque Duke regarde à la télé le championnat de base-ball.

A présent une chaleur moite régnait dans la chambre, et il y avait une odeur prononcée de moquette humide. Bonnie alla jusqu'à la fenêtre et l'ouvrit toute grande. Sur l'appui de la fenêtre, il y avait un figuier de Barbarie feuillu dans un pot en terre cuite. Elle déplaça le pot sur un côté pour éviter que les rideaux ne le renversent si jamais il y avait un coup de vent. Quelque chose de noir tomba de l'une des feuilles... quelque chose qui se tortillait.

— Pouah ! s'exclama-t-elle en reculant vivement.

— Qu'est-ce que tu as ?

— Il y a un asticot ou un truc comme ça. Il est tombé de cette plante grasse.

Esmeralda s'approcha et examina le compost à l'intérieur du pot. Une grosse chenille noire grimpait lentement le long de la tige de la plante, et son corps ondulait tandis qu'elle progressait.

— C'est répugnant ! dit Bonnie. Regarde... il y en a d'autres.

A moitié dissimulées dans le feuillage, il y avait quatre ou cinq autres chenilles, toutes mangeaient voracement, et le bord des feuilles était déchiqueté en de petits motifs dentelés.

Esmeralda se signa à nouveau, deux fois.

— Pourquoi fais-tu ça continuellement ? lui demanda Bonnie.

— Je déteste ces saloperies. Elles sont envoyées par le diable.

— Ce sont des chenilles. Elles ne te font aucun mal.

— Je les déteste, surtout les noires. Elles portent malheur.

— Tu es bigrement superstitieuse, Esmeralda. Tu es pire que Ruth. Mais si tu ne les aimes pas, va chercher la bombe de permethrin et zigouille-les. De toute façon, je ne crois pas que Mme Goodman apprécierait ce qu'elles font à sa plante grasse.

Bonnie parcourut la chambre du regard pour vérifier qu'elle n'avait rien oublié. Le lit de Naomi était complètement défait maintenant, et elle reviendrait plus tard dans l'après-midi pour prendre le reste. Elle démonterait les lits superposés et les emporterait au foyer pour enfants de l'Association américaine d'aide à l'enfance.

Un léger vent chaud agita les rideaux de tulle et les fit virevolter contre la plante grasse, et l'attention de Bonnie fut attirée de nouveau sur les chenilles. Elle avait vu à peu près toutes les variétés d'insectes et d'asticots depuis qu'elle avait lancé son entreprise de nettoyage de scènes de crime, mais c'était la première fois qu'elle voyait des chenilles comme celles-là. Les œufs se trouvaient peut-être déjà dans le compost lorsque Mme Goodman l'avait acheté, et ils venaient tout juste d'éclore.

Esmeralda revint avec l'insecticide.

— Attends, dit Bonnie. Je vais garder l'une de ces chenilles. Le professeur Jacobson pourra peut-être me dire ce que c'est.

Elle prit un gant en plastique jetable et souffla dedans. Puis elle le tint sous l'une des chenilles et secoua la feuille où celle-ci était perchée. La chenille s'agrippa obstinément. Finalement, Bonnie lui donna une chiquenaude, et la chenille tomba dans l'un des doigts du gant. Bonnie arracha de petits morceaux des feuilles du figuier et les mit également dans le gant.

— Je ne veux pas qu'elle ait faim, expliqua-t-elle.

Esmeralda fronça le nez.

— Pourquoi gardes-tu cette saleté ?

— Je suis curieuse. J'aime bien fouiner, c'est tout.

— Ces saloperies portent la poisse.

Esmeralda arrosa copieusement la plante d'insecticide, et Bonnie faillit suffoquer sous l'effet des vapeurs. Une chenille commença à se tortiller, puis une autre, puis, une à une, elles tombèrent sur l'appui de la fenêtre.

— J'espère que tu prends ton pied, dit Bonnie.

— Tu voudrais que je prétende le contraire ? répliqua Esmeralda en aspergeant d'insecticide une autre chenille. Crève, espèce d'ordure !

Bonnie la laissa à son ouvrage et retourna dans le séjour. Elles avaient pratiquement terminé maintenant. Avec l'aide d'un jeune homme musclé qu'elles avaient embauché pour dix dollars au coin de Hollywood et de

Highland, elles avaient découpé la moquette des Goodman en trois morceaux facilement transportables et les avaient mis à l'arrière du camion de Bonnie. Les murs étaient propres, mais le trou causé par la balle du fusil à pompe était resté tel quel. Bonnie ne faisait pas de travaux de peinture, mais elle pouvait recommander des entreprises. Le canapé en cuir crème était propre, lui aussi, mais il avait perdu son brillant. L'odeur métallique du sang avait été remplacée par une légère senteur piquante d'antiseptique, comme dans la salle d'attente d'un dentiste. Ruth avait passé l'aspirateur partout, mais elle n'avait pas encaustiqué les parquets. « Nous nettoyons, nous stérilisons, mais nous ne sommes pas des femmes de ménage. »

A l'endroit où le sang d'Aaron Goodman s'était répandu, il restait la plus infime des taches mais, pour la faire partir complètement, il aurait fallu soulever les lattes du plancher.

Bonnie fit le tour de la tache. Elle n'était pas satisfaite du résultat.

— On ne peut pas faire mieux ?

— Le sang a pénétré le grain du bois. J'aurais pu essayer avec une solution plus forte, mais je ne voulais pas décolorer le bois.

Bonnie continua de tourner et de tourner autour de la tache, et elle ne pouvait s'empêcher de la regarder fixement. Elle n'aurait su dire pourquoi. Pour quelque raison, cette tache la perturbait, comme les paroles d'une chanson dont elle ne parvenait pas à se souvenir, ou bien comme une mise en garde qu'on lui chuchotait à l'oreille. C'était sa forme, se dit-elle... Comme une énorme fleur très pâle, ou un papillon de nuit géant.

Ce soir-là

Lorsque Bonnie revint à la maison ce soir-là, elle était en sueur et avait la tête vide. Après l'appartement des Goodman, Ruth et elle étaient allées à Westwood nettoyer un autre appartement. Cette fois, c'était une mort naturelle. Une femme âgée de quatre-vingt-cinq ans environ, morte dans son sommeil, dont on avait découvert le corps seulement neuf semaines plus tard. Son fils avait fait les cent pas dans le vestibule pendant qu'elles travaillaient : un homme replet au teint très pâle, portant une mèche postiche noire comme du jais. Il n'arrêtait pas de consulter sa montre. Bonnie avait résisté à la tentation de lui demander pourquoi il n'avait pas appelé sa mère pendant tout ce temps.

« J'habite à Albuquerque », avait-il déclaré brusquement, tandis qu'elles rangeaient leurs seaux en plastique dans le camion.

Oh, vraiment ? avait pensé Bonnie, la mine sévère. Et ils n'ont pas le téléphone à Albuquerque ? J'aurais dû lui montrer les draps de sa mère.

Elle entra dans le séjour, où Duke regardait un match de base-ball à la télé. Elle déposa un baiser sur le sommet de sa tête. Immédiatement, il passa ses doigts dans ses cheveux pour les redresser.

— Comment s'est passée ta journée, chéri ? lui demanda-t-elle en se perchant sur l'accoudoir de son fauteuil.

— Très bien, je pense. J'ai appelé Vincent au Century Plaza. Il a peut-être du travail pour moi. Au bar.

— C'est formidable ! Tu feras quoi, préparer des cocktails et tout le reste ? « Un daiquiri glacé, ça marche ! Une pina colada, madame ? »

— Hon-hon. Des trucs simples, principalement.

Bonnie lui donna un autre baiser.

— Mais c'est un boulot, non ? C'est toujours ça.

— Bien sûr, c'est toujours ça, admit-il.

Elle l'empêchait de voir le match à la télévision et il déplaça sa tête de côté.

Bonnie prit une douche et se changea, optant pour une robe jaune à fleurs et un gros collier de perles, jaunes également. Sa couleur porte-bonheur. Elle alla dans la cuisine et sortit du frigo six cuisses de poulet.

— Morceaux de poulet panés et frits, ça te va ?

— Avec de la sauce ?

Elle pensa à la tache de sang sur le parquet des Goodman.

— Oui, avec de la sauce.

Elle prépara la chapelure dans une grande assiette blanche et ajouta du sel, du poivre et du piment en poudre.

— Ray est rentré ? demanda-t-elle.

— Ray ? Non, pas encore.

— Il a dit qu'il rentrerait tard ?

— Non, il n'a rien dit.

— Ralph veut que j'aille à Pasadena demain.

— Pasadena ? Et qu'y a-t-il à Pasadena ?

— Le lancement de la crème anti-rides Renaissance Zen.

— Je suppose qu'*il* ira, lui aussi ? Monsieur Formidable ?

— Qu'est-ce que tu as contre Ralph ? Pourquoi me fais-tu une scène de jalousie chaque fois que je parle de Ralph ?

— C'est la façon dont ce type te regarde. Ne me dis pas que tu ne l'as pas remarqué. Il ne te regarde pas, il te déshabille.

Bonnie, les mains couvertes de farine, alla jusqu'à la porte de la cuisine.

— Duke... je te le dis une bonne fois pour toutes... Ralph Kosherick ne m'intéresse pas, Ralph Kosherick ne m'a jamais intéressée, et Ralph Kosherick ne m'*intéressera* jamais.

— Tu prononces le nom de ce type trois fois dans la même phrase et il ne t'intéresse pas ?

Bonnie regarda sa montre, puis la pendule de la cuisine.

— Ray est tellement en retard ! J'aimerais bien qu'il téléphone.

— On le voit dans ses yeux. Il dégrafe ton soutien-gorge. Il fait glisser ton collant sur tes cuisses avec ses dents...

— Duke, ça suffit ! Je ne suis pas d'humeur.

Ray n'était toujours pas rentré à l'heure du dîner, et ils mangèrent dans le séjour tout en regardant la télévision, comme ils le faisaient au début de leur mariage.

— C'est délicieux, dit Duke, les yeux rivés sur l'écran du téléviseur, de la sauce luisant sur son menton.

Lorsqu'ils eurent terminé, Bonnie emporta les assiettes

vides dans la cuisine et sortit du frigo un gâteau au chocolat fondant. Elle coupa une grosse part pour Duke et une autre part, un peu plus petite, pour elle. Elle se fourra dans la bouche presque toute sa part de gâteau et la mangea tandis qu'elle faisait tomber bruyamment les os de poulet dans la poubelle. Lorsqu'elle revint dans le séjour, elle avait fini de la manger et s'était essuyé la bouche.

— Tu n'en prends pas ? demanda Duke.

— Tu veux rire ? Tu *regardes* ce gâteau et c'est trois cent trente calories !

Duke haussa les épaules et prit une bouchée généreuse.

— Tu vois ce type ? dit-il en montrant de la tête le téléviseur. Il a mangé une Volkswagen en entier.

— Pourquoi a-t-il fait ça ?

— Et merde, comment je le saurais ? Autant me demander pourquoi les gens mangent du gâteau au chocolat !

Bonnie ne répondit pas, mais elle savait pourquoi *elle* mangeait du gâteau au chocolat.

Elle dormait profondément lorsque le carillon de la porte d'entrée retentit. Elle se mit sur son séant et écouta. Elle ne savait pas très bien si elle avait rêvé ou non. Mais on sonna à nouveau. Elle donna un coup de coude à Duke et dit d'une voix sifflante :

— Duke ! Duke, réveille-toi ! On sonne à la porte !

Duke coassa comme une grenouille et finit par se redresser en s'appuyant sur un coude.

— Quoi ? Putain, quelle heure est-il ?

— Trois heures vingt-cinq.

— Mais c'est pas vrai !

Bonnie s'extirpa du lit, prit sa robe de chambre suspendue à la patère au dos de la porte et alla dans le couloir. Elle aperçut aussitôt les lumières scintillantes rouges et bleues devant la maison, et elle comprit que quelque chose n'allait pas du tout.

— Duke ! appela-t-elle. Duke, c'est la police !

Et elle se précipita vers la porte d'entrée.

Deux policiers en uniforme se tenaient sous le porche : un Hispanique avec une petite moustache et un Noir.

— Vous êtes madame Winter ? demanda le Noir en lui braquant sa torche électrique sur le visage.

— Qu'est-il arrivé ? C'est Ray, n'est-ce pas ? Dites-moi ce qui est arrivé !

— Tout va bien, madame Winter, ne vous inquiétez pas. Votre fils a été blessé, mais il s'en sortira. Il a été transporté à l'hôpital, et si vous voulez le voir, nous pouvons vous conduire là-bas.

— Blessé ? Comment ça, blessé ?

Duke était sorti de la chambre. Il portait un peignoir rose et des chaussettes noires lui montant jusqu'au genou.

— Hé, que se passe-t-il ? voulut-il savoir.

— Monsieur Winter ? Votre fils, Ray, a été blessé. Il est à l'hôpital, où il reçoit des soins.

— C'était quoi ? Un accident de voiture ? Ce gosse ne sait même pas conduire !

— Non, m'sieur. Apparemment, c'était un genre d'affrontement ethnique.

Duke appuya deux doigts sur son front comme s'il avait du mal à comprendre.

— Un affrontement ethnique ? Est-ce que vous pourriez être plus clair ? C'était une émeute raciale ?

— Pas exactement, monsieur Winter. Mais c'était une agression à caractère racial, oui.

— Combien étaient-ils ?

— Pardon ?

— Vous venez de me dire que mon fils avait été victime d'une agression à caractère racial. Je vous demande simplement combien ils étaient.

— Environ dix-sept, en tout. Mais votre fils n'était pas...

— Dix-sept ! Dix-sept Noirs ont tabassé un seul Blanc ! Putain de merde !

— Monsieur Winter, votre fils n'a pas été agressé par dix-sept autres personnes. Votre fils a été mêlé à une bagarre à laquelle au moins dix-sept personnes ont pris part. Onze Blancs et six Hispaniques. Pas d'Afro-Américains. Tous ont reçu des blessures, allant de coups de couteau à de graves contusions. L'un d'eux risque de perdre un œil. Trois d'entre eux, dont votre fils, sont toujours hospitalisés.

— Ray s'est battu avec des *Hispaniques* ? s'écria Bonnie. C'est bien ce que vous êtes en train de nous dire ?

Le policier noir prit son calepin et l'ouvrit d'une chiquenaude.

— Onze adolescents de race blanche ont fait irruption dans le bar X-cat-ik, dans le centre-ville, et une bagarre a éclaté. Nous avons récupéré trois couteaux à cran d'arrêt, une machette et une batte de base-ball... Malheureusement, aucun des clients du bar n'est disposé à admettre qu'il a été témoin de quoi que ce soit, même s'il ne semble faire aucun doute qu'il s'agissait d'une agression à caractère racial.

— Allons, c'est certainement une erreur, dit Bonnie. Ray n'aurait jamais participé à quelque chose de ce genre.

— Je ne fais que vous rapporter les faits, madame Winter.

Duke commença à s'emporter de nouveau, mais Bonnie posa une main sur son bras pour le calmer.

— Dites-moi où il est, demanda-t-elle. Nous allons tout de suite à l'hôpital.

Le jeune héros

Ils trouvèrent Ray dans une chambre d'un vert terne au bout d'un long couloir sonore. L'un des tubes fluorescents n'arrêtait pas de clignoter et produisait un bourdonnement comme une mouche à viande prise au piège.

La tête de Ray était enveloppée de pansements blancs qui allaient jusque sous sa mâchoire. L'un de ses bras était dans le plâtre, et seul le bout violacé de ses doigts était visible. Ses yeux étaient gonflés et ressemblaient à des prunes, jaunes et rouges, et ses lèvres étaient énormes, comme si elles étaient faites de caoutchouc rouge.

Un interne chinois aux doigts jaunis par la nicotine prenait la tension artérielle de Ray.

— Vous êtes les parents ?

Bonnie acquiesça de la tête. Elle contourna le lit de Ray et dit :

— Ray ? Mais qu'est-ce qu'on t'a fait, trésor ?

— Un poignet cassé, contusions et écorchures multiples, trois côtes fêlées, l'astragale d'un pied fracturé, deux orteils cassés et une commotion cérébrale bénigne, répondit l'interne, le visage impassible. Cela aurait pu être pire.

— Cela aurait pu être *pire* ? s'exclama Duke.

— Bien sûr. Il a reçu plusieurs coups de pied dans l'abdomen. Il aurait pu avoir un éclatement de la rate. Quelqu'un l'a également frappé à la tête, juste derrière l'oreille. Il va avoir une sacrée bosse à cet endroit pendant un jour ou deux.

Bonnie s'assit et prit la main de Ray.

— Ray... qu'est-ce que tu as fait ? Tu ne fais pas partie d'une bande, hein ? Je pensais que tu rentrerais à la maison pour le dîner.

Duke ne disait rien. Les bras croisés sur sa poitrine, il arborait cette expression renfrognée qu'il prenait toujours lorsqu'il était trop en colère pour se risquer à parler.

— Je suis désolé, M'man, croassa Ray. On pensait pas que ça tournerait de cette façon.

— Mais qu'est-ce qui t'a pris d'aller dans ce bar ?

— C'est le lieu de rendez-vous des jeunes Mexicains.

— Et alors ? Qu'est-ce qu'ils vous avaient fait ? Bonté divine, Ray, la police a dit que vous aviez des couteaux et des battes de base-ball !

— C'étaient des Mexicains, M'man.

— D'accord, c'étaient des Mexicains. Et après ? Je ne comprends pas. Pourquoi les avez-vous tabassés ?

— A cause de ce qu'ils ont fait, M'man.

— Je suis peut-être stupide, mais je ne comprends toujours pas.

— A cause de ce qu'ils ont fait à Papa, M'man. Parce qu'ils viennent ici et acceptent de travailler en étant sous-payés, et des Américains se retrouvent au chômage...

— Tu as tabassé des Mexicains que tu ne connaissais même pas parce qu'un Mexicain a pris le travail de ton père ?

— Oui, répondit Ray, qui toussa et grimaça de douleur. Enfin, regarde le résultat, M'man, pour vous deux. Papa est tout rongé de l'intérieur, et tu es obligée de racler des cadavres pour gagner ta vie, et tous les deux vous êtes toujours en train de vous disputer, et tout ça c'est à cause d'un Mexicain.

Bonnie secoua la tête d'un air incrédule.

— Est-ce que tu te rends compte ? Tu aurais pu tuer quelqu'un et passer le reste de ta vie en prison ! Quelqu'un aurait pu *te* tuer ! Mais regarde-toi ! Ils ont presque réussi !

Elle se leva. Elle tremblait de colère.

— Tu es mon fils, Ray. Tu es mon fils unique. Je t'ai élevé pour que tu te conduises honnêtement. Ton père a perdu son travail, et c'était injuste, et c'était probablement illégal, en plus. Mais que tu te mettes à tabasser des Mexicains comme si tu étais une sorte de nazi... je ne l'accepterai pas ! Mon fils ne se conduira jamais comme ça, je te préviens !

Duke la prit par le bras et essaya de la calmer :

— Allons, Bonnie. Regarde-le. Tu ne crois pas qu'il a été suffisamment puni ?

— Tu te fiches de moi ? Ton fils et ses amis étaient armés de couteaux et de battes de base-ball, et ils ont délibérément agressé des gosses innocents !

— Hé, hé, attends une minute, d'accord ? Tu dis innocents. Mais comment sais-tu qu'ils étaient innocents, hein ? Ces Mexicains, ils travaillent sans permis, ils paient pas d'impôts, ils dealent de la drogue, ils font un tas de trafics. Ils vendraient leur propre sœur, la plupart d'entre eux. Comment peux-tu dire qu'ils étaient innocents ? Et de toute façon, dis-moi, comment pouvons-nous savoir avec certitude qui a agressé qui ?

Bonnie se retourna et le regarda avec stupeur.

— Je n'arrive pas à croire que j'entends ça !

— Tu dois être juste, trésor. Tu ne peux pas crier après Ray sans connaître tous les détails...

— *Juste* ? Oh, je comprends à présent ! Tu es fier de lui, hein ? Tu es sacrément fier de lui. Pour toi, Ray est une sorte de héros. Tu n'avais jamais imaginé qu'il se rangerait un jour de ton côté, hein ? Mais maintenant il l'a fait, et tu es foutrement *fier* !

— Oh, voyons, Bonnie...

— Laisse tomber, Duke. Je rentre à la maison. Je ne resterai pas ici une seconde de plus pour entendre ces conneries de type borné. Ray... les flics t'ont déjà interrogé ?

Ray se contenta de secouer la tête.

— Alors, ne parle à personne. Tu ne dis rien aux flics, aux docteurs, à personne. Attends que j'aie parlé à des amis à moi dans le centre-ville. En principe, je devais aller à Pasadena dans la matinée, mais je vais me décommander. Tu ne dis pas un seul mot, compris ? Et n'oublie pas de dire aux infirmières que tu fais une allergie aux brocolis.

Ray détourna la tête. Bonnie voyait bien qu'il n'était pas prêt à dire qu'il regrettait ce qu'il avait fait, pas maintenant. Son père lui adressa un grognement et lui donna une petite tape sur l'épaule, puis il sortit de la chambre et suivit Bonnie dans le couloir sonore.

Dans l'ascenseur, Duke dit :

— Et merde, Bonnie ! L'Amérique a été bâtie de cette façon : des gens ont combattu pour défendre leurs idées. Les gens ne font plus ça, au jour d'aujourd'hui. Toutes ces putains de minorités ethniques ! Dave Guthrie a perdu son boulot à la boulangerie, il a été remplacé par un basané. Mais qu'ils sc gênent pas, ces enfoirés de Mexicains ! Qu'ils viennent dans nos maisons et prennent nos meubles ! Bordel de Dieu !

— C'est bon, Davy Crockett, dit Bonnie. J'ai eu mon compte pour cette nuit.

Ce que Ralph dit

— Si vous ne venez pas à Pasadena, Bonnie, alors je regrette infiniment, mais je serai obligé de trouver quelqu'un de plus fiable. Vous entendez ce que je dis ?

— Vous voulez dire que vous allez me renvoyer ?

— J'ai besoin de quelqu'un sur qui je peux compter, Bonnie, à cent pour cent.

— Ralph, ayez un peu de cœur ! Ray a été tabassé et la police va peut-être l'inculper pour coups et blessures avec une arme pouvant entraîner la mort !

— Je comprends, Bonnie. Je comprends tout à fait. Mais Pasadena pourrait faire toute la différence entre les profits et les pertes.

— Je ne peux pas venir, Ralph. Si vous avez le sentiment que vous devez me renvoyer, alors renvoyez-moi. Mais je dois penser d'abord à ma famille.

Ralph demeura silencieux un moment. Puis il dit :

— Je suis très déçu, Bonnie. Vous ne pouvez pas savoir à quel point.

Ce qu'elle apporta à l'hôpital

Elle s'arrêta à la supérette avant d'aller voir Ray à l'hôpital, et elle lui acheta :

Trois pêches
Une bouteille de Dr. Pepper format géant
Des chips Rainbow Deluxe
Une brosse à dents Colgate à tête flexible
Un tube de dentifrice Arm & Hammer
Une boîte de Kleenex parfumés au menthol
Un exemplaire de Soap Opera Digest

Le seigneur des mouches

Bonnie resta presque une heure au chevet de Ray ce matin-là. Son visage était toujours enflé et ses ecchymoses avaient pris une teinte violacée, mais il s'était remis de sa commotion et il était bien plus animé.

Il regarda la télévision et gloussa devant *Les Razmoket* pendant que Bonnie essayait de trouver qui était chargé de l'enquête sur la rixe au bar X-cat-ik et quels chefs d'accusation allaient être retenus.

— Tu peux baisser ça ? demanda-t-elle à Ray, un doigt pressé sur son oreille.

— Quoi ? fit-il.

— Le son. Baisse-le. J'essaie de te tirer d'affaire en ce moment.

Finalement, son téléphone cellulaire lui signalant *recharger*, elle réussit à joindre le capitaine O'Hagan.

Le capitaine O'Hagan ne dit pas grand-chose à part « mmh-mmh » et « entendu » et « entendu », mais il finit par déclarer :

— Je ne peux absolument rien vous promettre, Bonnie. Mais je vais jeter un coup d'œil au cahier des délits et écrous, et voir si je ne peux pas en faire un petit origami.

— Je vous dois une faveur, Dermot.

— Hé, ne précipitons pas les choses ! Mais si ça marche, vous pouvez parier vos jolies miches que je ne dirai pas non !

Elle referma son combiné et dit :

— C'est fait, Ray. Tu as une chance de t'en sortir.

— Merci, M'aman. C'est super. Est-ce que Papa viendra me voir ?

— Il a dit qu'il passerait. Mais il doit aller à un entretien pour un boulot ce matin. Un emploi au bar, au Century Plaza.

— C'est une blague ?

Bonnie lui adressa un sourire pincé. Elle se leva et observa Ray un moment, pendant qu'il regardait la télévision. On croit connaître ses enfants. On croit qu'ils sont vous. Mais, bien sûr, Ray était également Duke. En fait, elle n'avait jamais réalisé qu'il ressemblait bien plus à Duke. Elle l'embrassa doucement et précisément sur la joue, puis elle s'en alla. Il ne dit absolument rien, même pas « au revoir ».

Direction UCLA. Il faisait déjà très chaud et elle baissa toutes les glaces de la voiture. Alors qu'elle attendait au feu rouge, à l'intersection de Wilshire et de Beverly Glen, une Mercedes décapotable gris métallisé s'arrêta à sa hauteur, conduite par un homme d'une cinquantaine d'années aux lunettes de soleil enveloppantes et au crâne chauve moucheté de coups de soleil.

— Hé, mon chou ! lança-t-il. Vous êtes un vrai danger public... vous le savez ?

Elle regarda dans l'autre direction. Elle n'avait pas besoin qu'on lui rappelle qu'un long pan de garniture s'était décollé de la portière sur le côté droit et battait au vent, ni qu'à chaque fois qu'elle appuyait sur l'accélérateur un épais nuage de fumée bleutée sortait du pot d'échappement. A part ça, le moteur tournait rond.

Comme elle ne répondait pas, l'homme se pencha sur son siège et dit :

— Je ne regarde que vous... c'est pour ça !

Le feu passa au vert et elle démarra dans un crissement de pneus et dans une pétarade assourdissante, ce qui la rendit encore plus nerveuse. La Mercedes roula à sa hauteur pendant un moment, l'homme lui adressait un sourire aux dents anormalement blanches, mais, juste avant qu'ils arrivent à UCLA, il donna un coup de klaxon et tourna pour continuer vers Bel Air.

Lorsqu'il se fut éloigné, elle se regarda dans le rétroviseur. La femme qui lui rendit son regard lui était aussi inconnue que Ray.

Le laboratoire du professeur Jacobson se trouvait dans un petit bâtiment préfabriqué en bois de cèdre à l'arrière du bâtiment principal des sciences naturelles. Bonnie se gara devant l'entrée, en épi, et une colombe affligée appela tristement depuis les arbres tandis qu'elle montait les marches en bois. Un petit écriteau indiquait DÉPARTEMENT D'ENTOMOLOGIE. VEUILLEZ FERMER TOUTES LES PORTES.

Bonnie fut obligée de franchir trois portes grillagées aux mailles très serrées, qui claquèrent derrière elle l'une après l'autre. A l'intérieur du laboratoire, il régnait une humidité très désagréable, et une odeur de végétation morte flottait dans l'air. Les murs étaient bordés de vivariums abritant des insectes — des phasmes, des mantes religieuses, des sauterelles et de gros vers blancs —, ainsi que de dizaines de vitrines contenant des papillons diurnes et nocturnes, soigneusement épinglés et disposés. Il y avait également des diagrammes représentant les cycles de vie d'insectes et des photographies énormément agrandies de mouches et de larves.

Une jeune femme aux cheveux noirs très longs et aux grosses lunettes rondes était penchée sur une paillasse au milieu du laboratoire. Elle était occupée à faire tomber quelque chose d'un compte-gouttes dans une boîte en carton. Bonnie s'approcha et jeta un coup d'œil à l'intérieur du carton. Elle le regretta immédiatement. Blottie au fond du carton, il y avait l'araignée la plus grosse et la plus velue qu'elle eût jamais vue. L'araignée frissonnait, comme si elle s'apprêtait à attaquer.

— Vous appelez ça comment ? demanda-t-elle en fronçant le nez.

— Chelsea, répondit la jeune femme, sans lever les yeux.

— Un nom plutôt inhabituel pour une araignée !

— Ma foi, je trouve que c'est plus personnel que *aphonopelma*.

— Est-ce que le professeur Jacobson est là ? J'avais rendez-vous à dix heures et demie, mais je suis en retard.

— Il est au fond. Vous pouvez entrer.

Howard Jacobson était assis dans un petit bureau ensoleillé devant un ordinateur Fujitsu dont il martelait furieusement les touches. Très grand, un visage anguleux, des yeux bleus globuleux et un toupet de cheveux noirs. Dès que Bonnie entra, il se leva d'un bond, tel un diable à ressort.

— Bon-*niiie* ! Entrez, entrez ! Je suis ravi de vous voir ! Désirez-vous un café ?

— Bien sûr, avec plaisir.

— Comment va ma nettoyeuse de scènes de crime préférée ? Je ne vous ai pas vue depuis cette affaire de la hache, n'est-ce pas ? Seigneur, tout ce sang ! Les tripes ! Berk-berk-berk ! Je me demande comment vous avez tenu le coup pour éponger tout ça !

Bonnie ôta une pile de tirages papier sur une chaise, s'assit et se couvrit les yeux d'une main.

— Hé, ça ne va pas ? demanda Howard en fronçant les sourcils.

— J'ai des problèmes à la maison, c'est tout. Mon fils est à l'hôpital. Sa vie n'est pas en danger, mais il est dans un fichu état.

— La grippe ?

— Une bagarre.

— Oh, c'est bien dommage ! Mais on ne peut pas empêcher les garçons de se conduire en garçons, n'est-ce pas ? Je n'arrêtais pas de me battre à l'école. Les autres gosses m'appelaient le Cafard, ils s'asseyaient sur ma tête et pétaient dans mon oreille. C'est étonnant que je ne sois pas devenu sourd !

— J'ai également perdu mon job à Glamorex. Enfin, peut-être pas. Nous verrons bien.

Howard lui tendit un gobelet de café. Sur le côté du gobelet était écrit *Ne vous posez jamais de questions dont vous ne connaissez pas la réponse.*

— Je ne vous dérange pas ? demanda-t-elle.

— Bien sûr que non ! Je peaufine mon dernier article, c'est tout. « Les nouvelles techniques permettant d'établir le moment de la mort à partir de la prolifération de *Sarcophagidae Larvae* »... Il est préférable de le lire longtemps avant d'aller déjeuner. A moins que vous n'ayez l'intention de perdre du poids ! Vous avez beaucoup de travail ?

— Pas mal, oui. Les gens n'arrêtent pas de s'entretuer. Ensuite, il faut bien que quelqu'un se charge du nettoyage.

— Vous avez dit au téléphone que vous aviez quelque chose d'intéressant à me montrer.

— Je ne sais pas. Peut-être que ce n'est rien du tout. Mais je n'avais encore jamais vu un truc comme ça.

Bonnie tendit à Howard un sac en papier marron. Il

poussa sur le côté son clavier d'ordinateur et fit tomber précautionneusement le contenu du sac sur sa table de travail — une petite pluie de fragments de feuilles de figuier de Barbarie et la chenille noire qu'elle avait trouvée dans l'appartement des Goodman. La chenille commença à se déplacer lentement sur une feuille de papier millimétré. Howard se pencha en avant et examina la chenille à quelques centimètres seulement de distance. Puis il prit sur sa table des lunettes aux verres en demi-lune, les percha sur le bout de son nez, et examina la chenille d'encore plus près.

— J'ai failli ne pas l'apporter, dit Bonnie. Vous savez, avec Ray qui est à l'hôpital et tout le reste. Mais je me suis dit que cela valait mieux, si jamais cette chenille mourait.

— Bien sûr, bien sûr. Je suis très content que vous l'ayez apportée. Où avez-vous dit que vous l'aviez trouvée ?

— Sur un figuier de Barbarie. Il y en avait six ou sept. Vous avez certainement vu le reportage aux informations — le type sur De Longpre qui a abattu ses trois enfants et qui s'est fait exploser la tête ? Le figuier de Barbarie se trouvait sur l'appui de la fenêtre dans l'une des chambres.

Howard poussa la chenille du bout de son index pour l'empêcher de se glisser sous la console de son ordinateur.

— Dis donc, tu es une bestiole *tout à fait* inhabituelle, hein ?

— Je ne sais pas si cela a un lien direct avec la scène de crime, reprit Bonnie. Mais, deux jours plus tôt, j'avais trouvé des trucs noirs genre chrysalide sur une autre scène de crime, et j'ai juste pensé... vous savez... c'est plutôt bizarre.

— Vous n'avez pas gardé un spécimen de ces trucs « genre chrysalide » ?

Bonnie secoua la tête.

— Je ne pourrais même pas vous dire s'il s'agissait de la même espèce d'insecte. Mais j'ai juste pensé... vous savez... c'est plutôt bizarre.

— C'*est* plutôt bizarre, Bonnie. C'est *très* bizarre. On dirait un *Parnassius mnemonsyne*, l'Apollon Tacheté. C'est un gros papillon avec des ailes blanches aux nervures noires et avec des taches noires. La forme très foncée se présente uniquement chez la femelle... Avec l'âge, les ailes du mâle deviennent presque transparentes.

« Ce qui est intéressant, c'est que l'on trouve le *Parnassius mnemonsyne* dans deux endroits seulement dans le monde : dans les herbages de montagne en Europe occidentale et dans les collines du territoire Chichimec, dans la région nord du Mexique. Personne ne sait au juste comment ce papillon a pu se développer dans deux endroits aussi différents. Mais il ne fait aucun doute qu'il s'agit du même papillon. J'ai quelques spécimens à côté, si vous voulez jeter un coup d'œil...

— Non, merci bien ! répondit Bonnie. Dites-moi simplement pourquoi cette chenille se trouvait sur une scène de crime.

— Je n'en sais rien. A vrai dire, l'Apollon Tacheté a une réputation plutôt sinistre dans la culture aztèque, mais ce sont des superstitions, rien de plus.

— Quelle réputation ?

Howard Jacobson la regarda en fronçant les sourcils, puis il dit :

— Vous prenez ça au sérieux, hein ? Allons, vous ne pensez tout de même pas que cette larve a eu quelque chose à voir avec votre scène de crime ?

— Je ne sais pas. Pas vraiment. C'était tellement tragique, c'est tout. Je n'arrive pas à comprendre comment un père affectueux a pu tuer ses enfants de cette façon.

— Ma foi, je suis entomologiste, pas psychologue.

— Quelle réputation ?

— C'est une légende, Bonnie. Oubliez ça.

— *Quelle* réputation ?

— Bon, d'accord. Le papillon Apollon Tacheté était censé être le déguisement pendant la journée d'un démon femelle aztèque, appelée Itzpapalotl. Elle était la plus redoutée de tous les démons aztèques, un mélange d'insecte et de monstre. Elle avait des ailes de papillon garnies de couteaux en obsidienne, et sa langue était également un couteau sacrificiel.

« Parfois, elle portait des vêtements magiques... un *naualli* ou manteau qui lui permettait de se transformer en un papillon à l'aspect inoffensif...

« Elle était la patronne des sorcières et présidait à d'effroyables sacrifices humains. Elle régnait sur les treize signes maléfiques du calendrier aztèque. Elle avait l'habitude de voler à travers les cités et les forêts à la tête d'une armée de sorcières mortes, revenues du monde des enfers sous la forme de papillons.

— Et ensuite, que faisait-elle ?

— Elle poussait des gens à la folie pour qu'ils tuent les personnes qu'ils aimaient par-dessus tout.

Bonnie regarda fixement son gobelet de café comme si elle ne savait pas ce que c'était.

— Un cookie ? demanda Howard. J'ai des biscuits à la noix de pécan tout à fait délicieux.

Sauvage et rebelle

Vers onze heures trente, elle se rendit à Lincoln Boulevard, à Santa Monica, pour faire un devis concernant un double suicide. Elle était censée retrouver l'avocat de la famille devant la maison, mais il l'appela alors qu'elle se garait près du trottoir pour lui dire qu'il serait en retard. Il avait une voix qui donnait l'impression qu'il portait un serre-nez de nageur.

— En retard ? demanda Bonnie. Combien de temps ?

— Je peux être là-bas dans vingt minutes.

— Entendu. Mais si c'est vingt et une minutes, je ne serai plus là. Si c'est vingt minutes et *trente secondes*, je ne serai plus là.

Elle resta dans la voiture et écouta de la musique country tout en battant le rappel sur le volant. Elle se demanda si elle devait aller voir sa mère. Elle avait toujours mauvaise conscience quand elle pensait à sa mère, même si elle allait la voir deux fois par semaine. Bonnie avait le sentiment qu'il y avait une question non prononcée entre sa mère et elle — une question qui restait sans réponse —, et l'ennui, c'est qu'elle ne savait même pas quelle était cette question. Leurs relations ressemblaient à l'un de ces mots croisés sans cases noires visibles, qui ne vous indiquent pas le nombre de lettres pour les définitions.

Elle pianota le numéro de sa mère, mais elle coupa la communication dès que sa mère dit « Allô ? » d'un ton sec. Ce serait mieux si elle allait la voir sans la prévenir. Ce serait encore mieux si elle n'allait pas la voir du tout. Non, certainement pas. Elle devait aller la voir.

La maison où le double suicide avait eu lieu faisait l'angle du bloc 500 — une maison en bois à un étage, dont la peinture blanche s'écaillait. Elle était très ombragée sur un côté par un cèdre majestueux, ce qui lui donnait un aspect presque lugubre, et elle présentait tous les signes révélateurs d'une tragédie récente. Une pelouse non entretenue, des rideaux de guingois, et un chariot du supermarché Ralph renversé sur le côté devant la porte d'entrée.

De surcroît, deux des fenêtres au premier étaient bouchées avec des planches, et il y avait une grosse tache laissée par la fumée juste au-dessus de la fenêtre de gauche, en forme d'un foulard en mousseline de soie noire déplié dans le vent. Bonnie ne connaissait pas tous les détails, mais le lieutenant Munoz lui avait dit qu'une veuve âgée de quarante-sept ans avait eu une liaison avec son neveu âgé de quinze ans. Lorsque le frère de celle-ci s'en était rendu compte, il avait prévenu la police et avait menacé de la poursuivre en justice pour viol de mineur. Le soir même, la veuve et le garçon s'étaient allongés sur son lit à colonnes et s'étaient aspergés d'essence — un bidon de dix litres de super. Etroitement enlacés, ils avaient mis le feu à l'essence.

Brûler vif n'a absolument rien de romantique. Le garçon avait bondi du lit et avait titubé dans la chambre en hurlant de douleur, mettant le feu aux rideaux. Puis il avait dévalé l'escalier jusqu'au rez-de-chaussée et avait essayé d'ouvrir la porte pour sortir de la maison. Mais ses doigts étaient déjà trop carbonisés pour qu'il puisse ôter la chaîne de sûreté et tourner la poignée. Les sapeurs-pompiers avaient découvert son corps toujours debout contre la porte, collé à la peinture, semblable à un singe ratatiné et grimaçant. Le corps de la veuve avait été tellement brûlé qu'ils avaient été incapables de séparer les cendres du matelas des cendres humaines. Le contenu de l'urne funéraire avait été moitié veuve et moitié matelas Sealy.

Bonnie consulta sa montre. Si l'avocat de la famille ne s'amenait pas d'ici exactement quatre minutes, elle s'en irait. Elle étouffait de chaleur, et elle avait tellement faim que cela lui donnait des nausées.

Elle avait déjà mis le contact lorsqu'une Porsche décapotable rouge vif se gara de l'autre côté de la rue. Un homme de haute taille et bronzé en descendit. Il portait une chemisette crème à manches courtes et un short de tennis blanc, et tenait deux raquettes de tennis sous son bras. Il avait des cheveux blonds à la coupe impeccable, des lunettes de soleil aux verres-miroir et un menton à fossette énergique. Il lui rappelait quelqu'un, mais elle n'aurait su dire qui.

Il se dirigeait vers la maison d'en face lorsqu'il fit halte, releva ses lunettes de soleil sur son front et regarda Bonnie en fronçant les sourcils. Il traversa la chaussée et dit :

— Excusez-moi. Je peux vous aider ?

— Non, tout va bien, je vous remercie.

Il posa sa main sur le rebord de la vitre de l'Electra de Bonnie. Son bras était marron, avec de fins poils dorés, et il portait à son poignet une superbe montre Rolex en or.

— Vous savez ce qui s'est passé ici ? lui demanda-t-il.

Elle était absolument certaine de l'avoir déjà rencontré. Mais où aurait-elle bien pu rencontrer un homme aussi beau ? Elle détourna les yeux, puis elle s'aperçut qu'elle regardait ses cuisses musclées et bronzées, et le renflement sur le devant de son short de tennis moulant.

Immédiatement, elle releva la tête à nouveau et se vit dans les verres-miroir de l'homme — deux images d'elle, toutes deux bien en chair, toutes deux déformées, toutes deux en sueur.

— Je sais ce qui s'est passé ici, bien sûr.

— Eh bien, nous avons eu pas mal de personnes qui sont venues jeter un coup d'œil à cette maison, nous avons même eu des gens qui sont sortis de leurs voitures, ont regardé par les fenêtres, et se sont fait photographier sur la pelouse. Une famille avait même apporté un pique-nique. Je n'invente rien. Vous vous rendez compte ? Un pique-nique ! Du poulet froid et des chips !

— Et vous pensez que c'est ce que je fais ? Que je suis venue jeter un coup d'œil ?

— Je vous dis simplement que ce qui s'est passé ici était une épouvantable tragédie humaine, et nous préférerions que les gens fassent preuve d'un peu plus de respect.

— Je vois.

— Alors... (il fit un grand geste de la main)... si vous voulez bien passer votre chemin !

Elle réalisa brusquement où elle l'avait déjà vu.

— Vous êtes Kyle Lennox ! s'exclama-t-elle, le souffle coupé. Mais bien sûr ! Vous êtes Kyle Lennox. De la série télévisée *Sauvage et Rebelle* !

— En effet, je suis Kyle Lennox, de la série télévisée *Sauvage et Rebelle*, mais cela ne change absolument rien. J'habite ici, mes voisins et moi sommes écœurés, et nous en avons assez de tous ces gens comme vous qui viennent... *mater* cette maison. Je connaissais Mme Marrin. C'était une amie personnelle. Je connaissais également son neveu. Vous êtes venue ici pour voir quoi ? Une rediffusion du drame ?

— Non, non. (Bonnie ouvrit la boîte à gants et prit l'une de ses cartes professionnelles.) Voilà ce que je suis venue faire ici, monsieur Lennox. J'attends l'avocat de la famille afin de lui faire un devis pour le nettoyage de la maison.

Kyle Lennox releva à nouveau ses lunettes de soleil sur son front et examina la carte avec les yeux bleus les plus clairs que Bonnie eût jamais vus. Elle l'avait toujours trouvé très beau quand elle le voyait à la télévision, mais le voir au naturel, ici, dans la rue... Elle fit un gros effort pour ne pas baisser les yeux à nouveau vers son short de tennis.

— Ecoutez, je suis vraiment désolé, dit-il. Je ne m'attendais pas à cela.

— Il n'y a pas de mal. Lorsque quelqu'un meurt dans des circonstances comme celles-là, ce n'est guère surprenant que les voisins se montrent quelque peu susceptibles.

— Non, je suis vraiment désolé. Je vous ai traitée de charognard et je me suis complètement trompé.

— Tout va bien, je vous assure. C'était une méprise bien compréhensible.

— Je ne savais même pas qu'il y avait des personnes spéciales... enfin, vous me comprenez, je ne savais pas qu'il y avait des entreprises spécialisées qui nettoient les lieux après des suicides et des choses de ce genre. Les flics ne le font pas ?

— Ils n'ont pas les connaissances techniques. Il faut bien plus qu'un balai-éponge et un seau pour ce genre de travail.

— Nom de Dieu ! J'ignorais totalement. Je parie que vous devez voir des choses plutôt horribles, hein ?

— De temps en temps. Le plus souvent, ce sont juste des taches.

— Nom de Dieu ! Combien de scènes de crime nettoyez-vous chaque semaine ?

— Quatre, cinq. Parfois davantage. Les gens n'arrêtent pas de se zigouiller.

— Nom de Dieu ! Quelle est la chose la plus effroyable que vous ayez jamais vue ?

Bonnie montra du doigt sa carte professionnelle.

— Ça ne vous ennuie pas de me donner un autographe ? J'adore *Sauvage et Rebelle.* Vous pourriez ajouter un petit mot pour Duke ? C'est mon mari. Il adore cette série, lui aussi. Il la regarde encore plus religieusement que moi.

— Oh, bien sûr ! Vous avez un stylo ?

Bonnie prit le stylo-bille mâchonné qui était fixé sur sa planchette porte-papiers et le lui tendit. Il fit une grande signature et griffonna quelques mots.

— Et voilà ! *Pour Duke... vous aussi pouvez être sauvage et rebelle.*

— Hum, parfois il peut se montrer bigrement sauvage. Rebelle, j'en suis moins sûre.

A ce moment, une Coupé de Ville vert métallisé se gara devant la maison, et un homme courtaud aux cheveux roux en descendit. Il enfila un veston sport jaune clair et salua Bonnie de la main.

— C'est l'avocat de la famille ? demanda Kyle Lennox.

— Je pense, oui, répondit Bonnie.

Et elle sortit de sa voiture.

— Dans ce cas, je ferais mieux de vous laisser, dit Kyle Lennox. Cela a été très intéressant de faire votre connaissance, Bonnie... et encore toutes mes excuses pour ce petit malentendu. J'espère que vous me pardonnez.

Bonnie sourit.

— Ce n'était vraiment rien, je vous assure. N'y pensez plus.

Jusqu'à ce qu'elle se tienne à ses côtés, elle n'avait pas réalisé qu'il était aussi grand... et à quel point il avait une odeur d'homme jeune, bronzé et musclé, sans parler de l'eau de toilette Hugo de Hugo Boss. Lui pardonner ? Elle lui aurait pardonné même s'il l'avait accusée en public de changer le lait en vinaigre et de forniquer avec Satan !

Elle le regarda traverser la chaussée. Elle adorait ses foulées élastiques, la combinaison d'une condition physique parfaite et de chaussures de tennis très chères. L'avocat de la famille la rejoignit.

— Hé, n'est-ce pas... ?

— Oui, c'est bien lui. Il vient de me donner un autographe.

— Ma femme va être malade lorsque je le lui dirai. Je suis Dudley Freeberg, à propos. De Freeberg, Treagus et Wolp.

— Ravie de vous connaître, monsieur Freeberg.

— Eh bien, moi de même, dit Dudley Freeberg.

Et il lui fit un grand sourire aux dents écartées.

Cendres aux cendres

Comme toutes les maisons où des personnes sont mortes de mort violente, la résidence Marrin était silencieuse de façon surnaturelle, comme si elle retenait son souffle devant l'horreur de ce qui s'était passé ici.

Pourtant ce fut l'odeur infecte de moquette brûlée qui frappa le plus Bonnie. Tandis que Dudley Freeberg et elle s'avançaient dans le vestibule, leurs narines furent agressées par l'odeur fumeuse d'essence, mélangée à celle de la laine roussie. Il y avait une autre odeur, également, rappelant ces petits morceaux de hamburger, aigres et carbonisés, qui restent collés sur la grille du barbecue.

Dudley Freeberg risqua un coup d'œil vers le dos de la porte, puis la referma très précautionneusement. Sur le côté intérieur, la peinture blanche avait cloqué et était devenue marron, et une traînée de suie montait jusqu'au plafond. Des lambeaux de tissu racorni pendillaient de la partie supérieure de la porte, et le panneau central présentait de nombreuses marques rectangulaires et peu profondes, comme si quelqu'un avait essayé de gratter la peinture avec ses ongles.

— De la peau, dit Bonnie en montrant du doigt le tissu.

Dudley Freeberg ôta ses lunettes et s'approcha.

— De la *peau*? murmura-t-il, sa pomme d'Adam tressautant.

— C'est exact. Et ces éraflures, ce sont les endroits où les pompiers ont été obligés de gratter pour décoller les restes du garçon de la porte. Je peux enlever les restes organiques sans problème et faire partir les traces laissées par la fumée, mais vous devrez faire appel à un peintre professionnel pour la boiserie.

— Je vois, dit Dudley Freeberg d'une voix sourde. Un peintre professionnel.

Ils examinèrent en silence le reste du vestibule. Il était vaste, haut de plafond et décoré de lilas et de feuilles d'or. Un grand vase en céramique contenant des glaïeuls morts depuis longtemps était placé sur un guéridon imitation rococo, sous la reproduction dans un cadre doré d'un tableau représentant deux Mexicains coiffés d'énormes sombreros qui dormaient au soleil. Par une porte entrouverte, Bonnie aperçut une cuisine spacieuse lambrissée de chêne. Elle aurait adoré avoir une maison comme celle-là, même si elle était délabrée — une maison avec de l'espace, des meubles raffinés et un grand escalier.

Ce fut l'escalier qui leur fournit le récit le plus frappant des derniers instants de l'amant âgé de quinze ans de Mme Marrin. Tandis qu'il dévalait les marches, dévoré par les flammes, il avait brûlé la moquette lilas et laissé des empreintes de pas tout du long, depuis le palier au premier jusqu'à la porte d'entrée, et le vernis de la rampe d'escalier avait cloqué aux endroits où il avait posé ses mains embrasées.

— Bordel de merde ! s'exclama Dudley Freeberg. Il a dû connaître l'enfer !

— Allons au premier, dit Bonnie.

Elle n'avait aucune envie de penser à l'enfer, pas aujourd'hui.

Ils gravirent l'escalier et entrèrent dans la chambre

principale. Ils contemplèrent le lit à colonnes noirci, avec ses rideaux de velours brûlés. Derrière le dosseret, ils trouvèrent un miroir craquelé d'un coin à l'autre et maculé de suie marron. Bonnie s'aperçut à côté de Dudley Freeberg, tels des personnages sur une vieille photographie sépia.

Bonnie prit des notes.

— Le lit est bon à jeter, manifestement, ainsi que les moquettes. Je peux faire partir les taches laissées par la fumée. Comme je l'ai dit, il faudra faire repeindre la maison, mais je peux la remettre en état, faites-moi confiance. On ne se rendra même pas compte que quelque chose a brûlé ici.

— Ma foi, cela me semble parfait.

Dudley Freeberg hocha la tête. Son teint était cireux, il transpirait, et elle comprit qu'il était à deux doigts de paniquer.

— Et si, euh, on sortait pour régler tout ça ? bredouilla-t-il.

Il descendit l'escalier précipitamment en faisant des zigzags pour éviter les endroits brûlés sur la moquette.

Elle s'assit dans sa voiture et lui prépara un devis tandis qu'il se tenait sur le trottoir, son veston posé sur un bras et sa cravate desserrée. De temps en temps, il s'essuyait le front avec un Kleenex chiffonné.

Bonnie le rejoignit et, lorsqu'elle lui tendit le devis, il faillit le lui arracher des doigts.

— Parfait. Cela me semble correct. Je vais consulter la famille et je vous appelle.

— A votre service, dit Bonnie.

— Et merci pour... commença-t-il en montrant de la tête la maison.

— Ecoutez, c'est quelque chose à laquelle personne ne

s'habitue jamais. Vous apprenez à faire avec, mais on ne s'y habitue jamais. Et personne ne *devrait* jamais s'habituer à ce genre de situation.

— Eh bien, encore merci.

Il regagna sa voiture d'une démarche raide et partit dans un crissement de pneus. Bonnie le regarda s'éloigner, puis elle rebroussa chemin vers son véhicule. A ce moment, Kyle Lennox apparut, en pantalon de toile kaki et chemisette noire à manches courtes.

— Hé, Bonnie ! appela-t-il. Attendez, Bonnie !

Elle s'abrita les yeux de la main. Il traversa la chaussée à petites foulées souples et lui demanda :

— Alors, comment ça s'est passé ?

— Très bien. Pourquoi ?

— Ça doit être plutôt sinistre là-dedans, hein ?

— A moins d'y être obligé, vous n'auriez certainement pas envie d'entrer.

— Quelqu'un m'a dit que le gosse était... vous savez... eh bien... (il baissa la voix et chuchota :)... *collé à la porte.*

Bonnie haussa les épaules.

— Je ne suis pas autorisée à parler de ce genre de choses. Je me contente de nettoyer.

— Mais il était collé à la porte, exact ?

— Oui, c'est exact. Il était en feu. Il a essayé de sortir de la maison. Et il a fini collé à la porte.

Kyle Lennox secoua la tête lentement, avec admiration, puis il dit :

— C'est tellement débectant ! Je me demande comment vous pouvez faire ce boulot. Je me le demande vraiment.

— Vous êtes acteur dans une série télévisée. Moi aussi, je me demande comment vous pouvez faire ce métier. Je serais terrifiée si je devais jouer dans une série télévisée. Même quand on me filme avec un caméscope, je déteste ça !

— Ecoutez, dit-il, je fais une sorte de réunion demain après-midi. Vous savez, une petite sauterie autour de la piscine. Juste quelques amis du studio, deux scénaristes et un ou deux producteurs. Et si vous veniez ?

— Pardon ?

— J'organise une party, Bonnie, et je tiens absolument à ce que vous veniez. J'aimerais vous présenter Gene Ballard. C'est notre réalisateur. Il sera ravi de vous rencontrer, je le sais.

— Je ne suis pas sûre de comprendre. Pourquoi m'invitez-vous à une party ? Vous ne me connaissez même pas.

— Holà ! Est-ce que vous avez besoin de connaître très bien une personne pour l'apprécier ? Est-ce que vous avez besoin de connaître très bien une personne pour admirer sincèrement ce qu'elle fait ? Je tiens absolument à ce que vous veniez, Bonnie. Ce sera une party très décontractée. Vous allez adorer. Tous vos acteurs préférés. Et qui sait ? Gene s'entichera peut-être de vous. Il pourrait même vous donner un petit rôle !

— Quand est-ce ? Cette party ?

— Demain, à dix-huit heures, chez moi. Dites-moi que vous viendrez.

Bonnie avait l'impression de rêver. C'était vraiment Kyle Lennox et il était vraiment là et il l'invitait vraiment à venir à sa petite fête du show-biz autour de sa piscine.

— Oui, dit-elle en hochant la tête. Entendu, je viendrai. Pourquoi pas ?

Bonnie voit sa mère

— Pourquoi ne m'as-tu pas prévenue que tu venais ? demanda sa mère. J'aurais fait une salade.

— Maman, tout va bien. Je n'ai pas envie d'une salade. J'ai mangé un cheeseburger chez Rusty...

— Un cheeseburger ! Tu ne sais donc pas qu'ils mettent plein de graisse et de sel dans ces saloperies ? Pas étonnant que tu aies tellement grossi !

— Oh, merci tout de même ! En fait, je pense avoir perdu un kilo.

— Tu ne viens pas pendant trois semaines et puis tu viens et tu ne me préviens même pas que tu viens.

— Eh bien, je suis là maintenant. De quoi te plains-tu ?

Mme Mulligan s'affairait dans le séjour, rangeant des *TV Guide* et secouant des coussins. Elle fit descendre du canapé son chat roux, Marcus, parce qu'elle savait que Bonnie ne l'aimait pas. Marcus sentait mauvais et il avait un horrible sifflement rauque.

Mme Mulligan était une femme de petite taille, grassouillette, avec une masse de cheveux blancs semblable à une boule de coton, et des mains et des pieds minuscules. Elle ressemblait à Bonnie, pour peu qu'on imagine Bonnie gonflant les joues et plissant les yeux très fort. Elle vivait à Reseda dans une maison qui ressemblait à toutes les autres maisons de Reseda : respectable, propre et nette, avec une pelouse soigneusement entretenue et des bibelots disposés sur chaque centimètre carré disponible de la moindre surface plane. Le défunt père de Bonnie les regardait depuis le mur du séjour avec un sourire étrangement déjeté qui faisait toujours penser Bonnie à Alfred E. Neuman. C'était une photographie avec un effet canevas dans un cadre doré, avec toutes ses médailles de la brigade des sapeurs-pompiers placées dans un cadre au-dessous.

Les cinq frères plus âgés de Bonnie figuraient sur une quantité d'autres photographies encadrées. Darryl quand il avait reçu ses diplômes à l'école des pompiers. Robert quand il avait été engagé par Nesta. Craig quand il avait remporté le trophée de natation au lycée. Barry quand il avait acheté sa première voiture. Richard quand il s'était cassé la jambe. Mark Hamill avait apposé sa signature sur son plâtre, et Mme Mulligan avait conservé le plâtre dans le garage.

La seule photographie de Bonnie, c'était lorsqu'elle avait douze ans, le jour de sa première communion. Bonnie avait l'air si gentille et tellement innocente dans sa robe en soie blanche qu'elle se revoyait à présent en tant qu'enfant, et elle en avait presque les larmes aux yeux. Tellement pleine de confiance, tellement pleine d'espoir.

— Le travail que j'ai pour garder cette maison en ordre ! gémit sa mère. Richard laisse traîner ses chaussettes partout !

— Maman, la maison est impeccable, comme d'habitude.

— Tu aurais dû me prévenir que tu venais. J'aurais fait le ménage.

— Pourquoi Richard ne range-t-il pas ses chaussettes ?

Sa mère la regarda comme si elle s'exprimait dans une langue étrangère. *Chaussettes* ? *Richard* ? *Ses* ? *Ranger* ?

Elles allèrent dans la cuisine, et sa mère disposa sur une assiette des petits gâteaux au chocolat et aux noisettes, et des rochers à la noix de coco.

— J'ai envie d'aller à Hawaï, déclara Bonnie. Juste moi. Toute seule. J'ai envie de mettre des affaires dans un sac de voyage et d'aller à Hawaï. Je veux me tenir sur une montagne et contempler un volcan en activité.

— Un volcan ? Et ta famille ?

— Et *moi* ?

Sa mère emporta dans le séjour le plateau de café et de petits gâteaux.

— Tu n'aurais pas dû lancer cette horrible entreprise de nettoyage. C'est malsain.

— Ce travail me donne une grande satisfaction. Ce travail me donne le sentiment que je suis différente.

— Oh, vraiment ? Il te rend malade, c'est tout.

— N'est-ce pas le rôle d'une femme dans la vie ? Nettoyer ? Regarde-toi. Tu as passé toute ta vie d'adulte à nettoyer.

— Oui, mais des corps de personnes ! ? Je préfère ne pas y penser.

— Je ne ramasse pas des corps, Maman. C'est le boulot des services du coroner. Enfin, parfois je ramasse des *petits morceaux* de corps. Des cheveux, des dents, des trucs comme ça. L'autre jour, j'ai trouvé sept orteils sous une essoreuse à rouleaux. Le type avait tué sa petite amie avec une tronçonneuse.

Sa mère agita la main d'un air dégoûté.

— Je ne veux pas penser à tout ça. Si ce Duke voulait bien se bouger les fesses et chercher du travail, tu ne serais pas obligée de faire ça. A propos, comment va Duke ?

— Très bien, toujours le même. Il est allé à un entretien au Century Plaza. Un travail au bar.

— Je n'ai jamais compris ce que tu lui trouvais.

— Oh, je sais. Tu n'as jamais cessé de me le dire. Encore aujourd'hui, tu n'arrêtes pas de me le dire.

— Et ton autre job ? Ce truc des produits de beauté ?

— Je crois que je l'ai perdu. Peut-être que c'était trop... menstruel.

La mère de Bonnie la considéra.

— Parfois, je ne suis pas bien sûre de savoir de quoi tu parles, Bonnie Mulligan !

Bonnie posa précautionneusement sa tasse de café sur la table basse.

— Maman... qu'est-ce que tu ferais si une personnalité de la télévision très riche et très connue t'invitait à une party ?

— Hein ? Mais de quoi parles-tu maintenant ? Une party ?

Bonnie s'était promis de ne parler à personne de Kyle Lennox parce qu'elle tenait absolument à ce que cela reste un secret. Elle avait le sentiment que si elle en parlait à Duke, ou à Ray, ou à l'une de ses amies, elle s'apercevrait qu'elle avait mal compris ce que Kyle Lennox lui avait dit, ou bien que la party serait une énorme déception, avec absolument personne de connu parmi les invités, et que, au bout du compte, elle se couvrirait de ridicule.

Mais elle était tellement surexcitée qu'elle devait absolument en parler à quelqu'un, d'une manière ou d'une autre.

— Une party. Allons, tu sais, juste quelques acteurs de la télé, quelques producteurs de la télé, des gens comme ça. Une réunion tout à fait décontractée. Une petite sauterie autour de la piscine. Du champagne, peut-être. Quelques brasses dans la piscine.

— Et qui m'inviterait à une chose de ce genre ?

— Une personnalité de la télévision très célèbre.

— Je ne connais pas de personnalités de la télévision très célèbres.

— Je sais. Mais supposons que ce soit le cas. Supposons que tu connaisses... je ne sais pas... Kyle Lennox ?

Sa mère la regarda fixement durant un long moment, tout en mâchant assidûment un petit gâteau avec son dentier.

— Je ne comprends pas un traître mot de ce que tu racontes, Bonnie. Je le jure devant Dieu !

Bonnie leva les yeux vers la photographie de son père avec son sourire de guingois. Il s'était tiré une balle dans la tête, dans le garage, alors que Bonnie avait quinze ans, et elle se rappelait que son sang avait été nettoyé au jet d'eau dans l'allée. Personne n'avait jamais compris pourquoi il s'était suicidé.

Ralph revient sur sa décision

L'après-midi, aux alentours de seize heures, l'hôpital appela et dit que Ray pouvait rentrer à la maison. Duke ne voulait pas rater *Amour, gloire et beauté*, aussi Bonnie prit-elle la Buick pour aller chercher Ray. Le ciel avait une couleur rougeâtre, comme si Dieu utilisait un filtre pour les fraises. La température baissait, également, et Bonnie eut le sentiment que quelque chose d'étrange était sur le point de se produire.

Elle trouva un emplacement tout au fond du parking de l'hôpital, mais avant qu'elle puisse sortir de la voiture, son téléphone cellulaire lui joua *Dear Heart* de Henry Mancini. Elle ouvrit d'une chiquenaude le combiné et dit :

— Bonnie, entreprise de nettoyage de scènes de crime. Que pouvons-nous faire pour vous ?

— Bonnie, c'est Ralph.

— Ralph ! Bonjour, Ralph.

— Je vous appelle juste pour avoir des nouvelles de votre fils.

— Il va très bien. Je suis à l'hôpital en ce moment. Je suis venue le chercher.

— Oh, parfait. Et pour l'inculpation de coups et blessures ?

— Rien pour le moment. Mais je pense qu'il y a de fortes chances pour que la police ne donne pas suite. Vous savez, un premier délit, un garçon sans histoire, et sa mère qui est une amie personnelle du capitaine O'Hagan...

— Eh bien, j'espère que cette affaire se terminera bien.

— Moi aussi. Merci. C'était comment, à Pasadena ?

— Je... euh... je voulais m'excuser à ce sujet.

— Vous n'avez pas à vous excuser. Vous aviez besoin de moi là-bas et je ne pouvais pas vous accompagner. Il n'y a rien à ajouter.

— En fait, j'ai remis ce déplacement à vendredi soir. Cela arrangeait les acheteurs. Ils avaient tellement de présentations hier qu'ils ont déjà un jour de retard sur leur planning.

— Je vois. Eh bien, bonne chance.

— Euh... je me demandais... eh bien, je me demandais si cela vous dirait de m'accompagner.

Bonnie descendit de la voiture et fut obligée de claquer la portière deux fois pour la fermer.

— Je ne suis pas renvoyée ? demanda-t-elle.

— Ecoutez, j'étais de mauvaise humeur l'autre jour. Bien sûr que vous n'êtes pas renvoyée ! Vous ne pensiez tout de même pas que j'allais renvoyer ma représentante préférée, hein ?

— Alors je ne suis pas renvoyée et vous voulez que je vous accompagne à Pasadena vendredi ?

— Vous pourriez passer à mon bureau à quatorze heures trente ?

— Je ne sais pas, Ralph. Quand rentrerions-nous ?

— Il y a une sorte de petit déjeuner d'affaires et ensuite nous partons immédiatement. Allez, dites-moi que vous viendrez.

— Je ne sais pas trop, Ralph. Quelqu'un doit s'occuper de Ray. Lui préparer son dîner, et tout le reste.

— Duke ne peut pas s'en charger ?

— Duke pense que les œufs sont déjà sur le plat lorsqu'ils sortent de la poule.

— Ils ne peuvent pas survivre avec des plats tout préparés juste pour un soir ?

— Je ne sais vraiment pas, Ralph. Ray est mal en point pour le moment. Cela ne me dit rien de le laisser.

— Ma foi, à vous de voir. Mais j'espère que vous changerez d'avis.

— Je vais y réfléchir. Je vous appellerai.

Elle éteignit son téléphone cellulaire et gravit les marches de l'hôpital.

Le retour du héros

Le poignet et la cheville de Ray étaient toujours dans le plâtre, et il était obligé de sauter à cloche-pied pour aller dans la salle de bains. Ses deux yeux avaient pris une couleur spectaculaire, arc-en-ciel, et ses lèvres étaient toujours enflées. Mais le docteur avait dit qu'il faisait d'excellents progrès, et qui plus est, ils avaient besoin du lit. Ray était ravi parce que la nourriture de l'hôpital était « dég ».

Bonnie prépara du porc aux haricots pour le dîner, le plat préféré de Ray, avec un gâteau Bisquick au café et au sirop d'airelles pour le dessert. Duke but trois canettes de Budweiser, et chaque fois qu'il levait sa canette il disait : « Au héros ! A notre bougre de héros ! »

Au bout de la septième ou huitième fois, cela commença à énerver Bonnie.

— Alors, parce qu'il a roué de coups des gosses mexicains totalement innocents, tu penses que Ray est un héros ?

— Il s'est battu pour le bon droit, non ? Et le bon droit, ma petite, c'est que la Californie appartient aux Californiens et pas à ces enfoirés de Mexicains. Est-ce que tu sais que cette année il y aura plus d'enfoirés de Mexicains vivant en Californie que de Blancs, et ça sans compter ces enfoirés de Noirs ?

— Je te ressers des pommes de terre sautées ?

— Ne change pas de sujet, Bonnie. Ce garçon est un héros. En fait, ce n'est plus un garçon. C'est un homme. Si j'avais su qu'il avait l'intention de foutre une dégelée à ces enfoirés de Mex, je l'aurais accompagné. *Alors* ils auraient compris leur douleur. Bim ! Bam ! Prends ça, sale bouffeur d'enchiladas !

— Tu es sectaire, Duke.

— Sectaire ? Tu me traites de sectaire ? Tu travailles comme une damnée chaque heure que Dieu fait parce qu'un Mexicain m'a pris mon boulot et tu trouves que je suis *sectaire* ? Vu les circonstances, je trouve que je suis un putain de modèle de tolérance. Vu les circonstances, je trouve que je suis un putain de *saint* !

— Il y a encore une chance pour que la police classe l'affaire. Si c'est le cas, j'espère que tu mèneras la vie d'un saint.

— Si Ray est inculpé... ma foi, c'est le prix que les héros doivent payer. Mais je te soutiens à cent pour cent, Ray. Ton paternel te soutient à cent pour cent. Tu as mérité mon respect, fiston.

Ray adressa à Duke un sourire aux lèvres fendues. Bonnie, qui servait des pommes de terre, comprit brusquement ce que Ray avait fait. D'un seul coup il avait mis fin à toutes les disputes entre eux deux en choisissant de se ranger du côté de son père, à tort ou à raison. Elle se dit qu'elle ne pouvait guère le lui reprocher. Jusqu'à ce soir, quasiment tous les repas avaient semblé l'amorce de la Troisième Guerre mondiale, Bonnie tenant bon malgré tout ce que Duke pouvait lui lancer, Duke ensuite battant en retraite, bruyamment et de façon brutale. Mais à présent ils étaient deux contre elle, et elle ne pouvait absolument rien faire, à part accepter ce que disait Duke, même si c'était injuste ou illogique.

Toutefois, Duke avait raison sur un point : Ray était

un gosse lorsqu'il était entré au bar X-cat-ik, et quand il en était ressorti, il était devenu un homme.

Après le dîner, Bonnie aida Ray à regagner lentement sa chambre et à se coucher.

— Tu n'es plus furieuse contre moi, hein ? demanda Ray.

— Furieuse contre toi ? Pourquoi serais-je furieuse contre toi ? Tu es mon fils unique.

— Tu ne devrais pas être furieuse contre Papa, non plus.

— Je ne suis pas vraiment furieuse contre lui. C'est juste que je ne vois pas la vie de la même façon qu'il la voit. Il est rempli d'espérances, mais il ne fait absolument rien pour qu'elles se réalisent, alors il est déçu. Mais on ne peut pas passer toute sa vie à être déçu. Pas si on ne fait aucun effort.

— Je t'aime, Maman. Mais, tu sais, Papa est aussi mon papa.

Bonnie hocha la tête et lui fit un petit sourire pincé, mais ce fut à ce moment qu'elle décida qu'elle irait à Pasadena, tout compte fait.

Lorsqu'elle revint dans le séjour, Duke avait ouvert une nouvelle canette de Budweiser et était assis sur le canapé. Il regardait *Stargate SG-1*.

— Regarde-moi ces connards ! Ils ne voient donc pas ce que ces putains d'aliens sont en train de faire ? Et merde, qu'ils leur explosent la tête une bonne fois pour toutes !

Bonnie s'assit à côté de lui et prit une poignée de pop-corn au caramel.

— Ralph m'a demandé de l'accompagner à Pasadena vendredi.

Il s'ensuivit un long silence pendant que Duke s'envoyait une gorgée de bière. Puis il rota et dit :

— Ralph ? Ce trouduc ? Je croyais qu'il t'avait virée.

— C'est exact, mais maintenant il veut que je fasse ce déplacement à Pasadena.

Duke, d'un geste nonchalant, passa son bras autour des épaules de Bonnie et renifla.

— J'espère que tu as pris du plaisir à lui dire de se fourrer son déplacement à Pasadena bien profond là où je pense.

— Non, j'ai dit oui.

Duke tourna lentement la tête et la regarda fixement.

— Tu as dit oui ? Comme dans « Oui, je ferai ce déplacement à Pasadena » ?

— Oui, j'ai dit oui.

— Et tu serais absente combien de temps ?

— Juste une nuit. On revient samedi matin.

— Tu ne crois tout de même pas que je vais te laisser passer une nuit à Pasadena avec ce salopard ?

— Duke, Ralph n'est pas un salopard. C'est mon patron. Et aller à Pasadena fait partie de mon job. Ralph ne s'intéresse pas à mon corps. Tout ce qui l'intéresse, c'est le fait que je suis plutôt douée pour présenter le produit.

— Présenter le produit ? Oh, bien sûr, et comment ! Ralph Kosherick ne pense qu'à une seule chose, et c'est de te convaincre de lui présenter le produit entre tes jambes.

— Duke, ne sois pas aussi grossier. Et ne sois pas aussi ridicule.

— Oh, maintenant je suis grossier, hein ? Juste parce que je ne veux pas que ma femme passe la nuit avec un putain de... comment dit-on ?... avec un putain de débauché lubrique !

— Aller à Pasadena est très important, Duke. C'est

notre plus grande présentation pour l'été. Cela pourrait faire toute la différence entre la réussite et la faillite pour Glamorex.

— Et je suis censé avaler ces conneries ?

— Duke, j'ai besoin de ce job à Glamorex. Qui plus est, j'aime ça. Il me satisfait pleinement. Pendant quelques heures chaque jour, ce travail me donne le sentiment d'être une femme et non une ménagère, ou une femme de ménage, ou un chauffeur de taxi. J'irai à Pasadena, que cela te plaise ou non.

— Je suis ton putain de mari, nom de Dieu !

— Ne jure pas, Duke. J'irai.

— Tu m'as pas entendu ? Je suis ton mari.

— Mon mari ? Tu plaisantes ? Tu es juste un homme qui glande toute la journée dans ma maison et qui compte sur moi pour lui laver son linge et lui préparer ses repas, et qui est d'accord pour que je me tue au travail afin de lui acheter ses bières. Mon mari ? Tu n'es même plus capable de bander !

Elle regretta immédiatement d'avoir dit cela. Elle s'était promis de ne jamais le faire. Elle savait que l'on pouvait dire tout ce qu'on voulait à un homme — lui dire qu'il était paresseux, brutal, stupide et borné. Mais lui dire qu'il était incapable d'avoir une érection, c'était lui dire qu'il n'était même pas un homme. Et le sol s'ouvrait alors sous ses pieds.

Duke ne dit pas un seul mot. Il leva en l'air sa canette de Budweiser et la versa lentement sur la tête de Bonnie. Elle resta assise sur le canapé tandis que la bière dégoulinait de ses cheveux et lui coulait dans le cou.

— Bordel de merde, tu vois ce que tu me fais faire ? dit Duke.

Puis il se pencha vers elle et lui cria au visage :

— *Bordel de merde, tu vois ce que tu me fais faire ?*

Le secret

Elle se lava les cheveux et noua autour de sa tête une serviette de toilette rose. Un peu plus tôt au cours de la soirée, juste un moment, elle avait été tentée de parler à Duke de l'invitation de Kyle Lennox. Pour finir, elle prit son sac à main, en sortit la carte avec l'autographe de Kyle Lennox, et la déchira en morceaux, les plus petits possible.

Deux appels téléphoniques

Quelques minutes avant huit heures, le lendemain matin, Bonnie reçut deux appels téléphoniques. Elle faisait frire le bacon pour le petit déjeuner de Duke. Le premier appel venait du lieutenant David Irizarry, du département de police de Los Angeles.

— Madame Winter ? Le capitaine O'Hagan m'a demandé de vous appeler.

— Oh, oui ?

— C'est au sujet de votre fils, Raymond Winter. Le capitaine O'Hagan a dit que nous avions décidé de ne pas l'inculper pour coups et blessures. Mais il devra se présenter ultérieurement au commissariat central.

— Je vois. Je vois. C'est une bonne nouvelle, j'imagine.

— Le capitaine O'Hagan vous contactera.

— Merci infiniment. Je vous suis très reconnaissante.

Le second appel téléphonique venait du lieutenant Dan Munoz.

— Bonnie ? Je suis content de vous avoir au bout du fil. J'ai un boulot pour vous, à Ivanhoe Drive, près du bassin de retenue de Silver Lake. Pas très ragoûtant, c'est l'affaire du gosse dans le carton. On se voit demain à quinze heures ? Nous pourrons régler les détails. Alors, qui est-ce qui vous aime, mon chou ?

Bonnie raccrocha et regarda fixement le bacon qui se ratatinait dans la poêle. Duke apparut, portant un T-shirt qui empestait la sueur et un caleçon informe. Il ne s'était pas rasé, n'avait pas pris de douche, et il fit le tour de la cuisine en titubant comme s'il était encore ivre, ce qui était probablement le cas. Finalement, il éloigna une chaise de la table et s'assit en penchant dangereusement d'un côté.

— Tu penses que je t'aime pas, hein ? déclara-t-il.

— Duke... laisse tomber. Je n'ai rien dit, d'accord ?

— Mais tu penses... parce que des fois j'arrive pas à bander... tu penses que je t'aime pas.

— J'ai dit ça ?

— Et merde... t'avais pas besoin de le dire. Je le vois dans tes yeux.

— Bon, d'accord, parlons franchement. Ce serait sympa si tu arrivais à bander de temps à autre.

Duke ne répondit pas. Il regardait fixement le set de table devant lui comme si celui-ci allait miraculeusement lui révéler les réponses à tous ses problèmes. Bonnie sortit une assiette du four et fit glisser six tranches de bacon dessus, ainsi que des oignons frits, une tomate grillée et deux œufs sur le plat. Elle posa l'assiette devant Duke et dit :

— Et voilà. Ne me dis jamais que je ne t'aime pas. Jamais.

Duke tritura les tranches de bacon avec sa fourchette.

— Tu essaies de m'assassiner, c'est ça ? Tout ce putain de cholestérol ! Eh bien, je t'emmerde !

— Duke, si j'avais envie de te tuer, je n'attendrais pas que tu meures d'une crise cardiaque, crois-moi. Je n'aurais pas la patience nécessaire !

Il se mit à donner des coups encore plus violents avec sa fourchette, comme s'il essayait de tuer son petit déjeuner.

— Je t'emmerde ! Tu essaies de m'assassiner... voilà ce

que tu fais ! Tu essaies de boucher mes artères et de m'assassiner !

Bonnie baissa la tête, s'assit, écouta les divagations de Duke sans dire un seul mot. Qu'aurait-elle pu dire ? Au bout d'un moment, elle se leva, prit l'assiette de Duke et jeta son petit déjeuner dans la poubelle sous l'évier — œufs, bacon, oignons, toasts, tout. Duke ne bougea pas, l'observant. Il serrait sa fourchette avec une telle force qu'il la plia.

— Ce soir, je sors, annonça Bonnie.

— Tu sors ? Qui dit ça ?

— Moi. Je vais chez Ruth. Nous nous mettrons du vernis à ongles, nous mangerons un gâteau et nous parlerons des hommes et de certains d'entre eux qui sont des fumiers de première.

— Oh, vraiment ! Et qui va s'occuper de Ray ? Ton fils est quasiment un infirme, il vient de rentrer de l'hôpital, et tu *sors* ?

— Oui, je sors. Parce que Ray a deux parents, figure-toi, et que tu es l'autre. Donc tu peux t'occuper de lui. Il y a du hachis dans le réfrigérateur. Tout ce que tu as à faire, c'est le réchauffer au micro-ondes.

— Je te préviens, Bonnie... commença Duke.

A ce moment, Ray apparut à l'entrée de la cuisine. Il s'appuyait sur ses béquilles en aluminium.

— Bonjour, M'man ! Tout baigne ? Hum, ce bacon sent rudement bon !

— Il est dans la putain de poubelle si tu en veux ! fit Duke.

Il se leva, poussa violemment sa chaise contre la table et sortit en trombe de la cuisine.

Comment elle s'habilla

Il fallut plus de deux heures à Bonnie pour se préparer parce qu'elle n'arrivait pas à se décider. Que devait-elle mettre ? Qu'est-ce que Kyle Lennox entendait par « tenue décontractée » ? Ce pouvait être un ensemble vaporeux en soie griffé Anne Klein, avec des sandales Blahnik à lanières. Elle essaya la robe rouge avec les grosses fleurs roses qu'elle avait achetée pour la bar mitzvah du fils de Ruth, mais, indépendamment du fait qu'elle avait grossi depuis l'été précédent, elle trouva que cette robe donnait l'impression qu'on l'avait lardée de coups de couteau.

Elle essaya son pantalon couleur fauve, mais il y avait une marque d'eau de Javel sur le genou gauche. Ensuite elle essaya son jean, mais elle n'avait pas envie de se promener avec une étiquette Lands End si tous les invités étaient habillés en Armani.

Duke s'approcha de la porte entrouverte de la chambre et la regarda un moment, comme s'il ne parvenait pas à comprendre pourquoi elle faisait tant d'histoires pour s'habiller si c'était simplement pour passer la soirée avec Ruth, mais le regard qu'elle lui lança le dissuada de faire la moindre remarque caustique. Finalement, il dit :

— J'emmène Ray au supermarché pour acheter de la

bière. Puisque je dois faire du baby-sitting ce soir, je pense que j'ai le droit de me rafraîchir le gosier, d'accord ?

— Il y a quinze dollars dans le bocal Popeye.

— Je sais. Je les ai déjà pris.

— Alors, ne mets pas trop de temps, tu veux bien ? Il faut que je parte à cinq heures trente précises.

— A vos ordres, commandant !

Duke lui adressa un salut ironique et partit. Elle revint vers sa penderie et chercha parmi les cintres, en proie à un désespoir grandissant. Tous ses vêtements lui semblaient brusquement tellement minables. Décide-toi. Décide-toi. Tu vas rencontrer des gens qui achètent leurs vêtements sur Rodeo Drive. Ils n'ont jamais vu cette robe chez Wal-Mart.

Finalement, elle opta pour son pantalon bleu marine et son corsage en satin crème avec le jabot plissé. Le pantalon lui allait bien, et même si le jabot plissé du corsage faisait un peu country-western, il dissimulait son imposante poitrine. Elle les posa sur le lit.

Puis elle pensa : S'il s'agit d'une party au bord de la piscine, ils s'attendent peut-être à ce que je fasse quelques brasses ? Elle ferait mieux d'emporter un maillot de bain, au cas où. Elle farfouilla dans le tiroir du bas de sa coiffeuse et finit par trouver son maillot de bain turquoise à pois, celui avec la petite jupe, mais lorsqu'elle l'essaya, elle trouva qu'elle avait l'air bien trop ballonnée. Ensuite elle essaya le maillot de bain en lycra violet, très échancré sur les cuisses, et il lui allait mieux, bien que le haut fût tellement serré que cela lui faisait quatre seins.

A dix-sept heures cinq, elle était prête, mais Duke n'était pas toujours revenu avec la voiture. Elle regarda la télévision un moment, perchée nerveusement sur l'accoudoir du canapé, serrant dans sa main son sac à main en plastique marron. Puis elle se leva et alla regarder par la fenêtre. A dix-sept heures vingt-sept, Duke n'était toujours pas rentré, et elle sortit et attendit dans la rue. Le vieux M. Lenz survint avec son loulou de Poméranie qui perdait ses poils, et il lui dit :

— Bonjour, Bonnie. Vous ne travaillez pas aujourd'hui ?

— Non, monsieur Lenz. Je ne travaille pas aujourd'hui, répondit-elle.

En pensant : Est-ce que j'ai *l'air* de travailler, avec mon pantalon bleu marine tout neuf et mon corsage en satin à jabot plissé ?

Cinq heures et demie arrivèrent et passèrent, et il n'y avait toujours aucun signe de Duke. Elle regretta amèrement de ne pas lui avoir dit d'emporter son téléphone cellulaire. Elle retourna dans la maison et arrangea sa coiffure pour la septième fois. A présent, elle commençait à avoir chaud et à être très énervée. Et si Duke ne revenait pas du tout ? Cela signifiait qu'elle serait obligée de prendre son camion.

A dix-sept heures quarante-cinq, elle écrivit un mot, *Partie chez Ruth. Merci de rien !*, et fixa la feuille de papier sur la porte du réfrigérateur avec un aimant en forme de cœur.

Party Party

Elle gara le camion au coin d'Alta Avenue et fit le reste du trajet à pied. La rue devant la maison de Kyle Lennox était encombrée d'automobiles luxueuses et luisantes — une Ferrari Testarossa jaune, une Lamborghini gris argenté, des Mercedes en pagaïe. Bonnie n'en avait jamais vu autant dans une rue en même temps.

Même depuis la rue elle entendait l'orchestre de samba jouer *Samba em Preludio* sur un rythme langoureux, léthargique et prétentieux. Deux voituriers, des adolescents boutonneux affublés de vestes blanches avec des épaulettes dorées, étaient postés devant la maison. Ils observèrent Bonnie tandis qu'elle s'approchait dans la rue et remontait l'allée aux dalles rouges.

— Puis-je vous aider? demanda l'un d'eux avec un sourire qui laissa apparaître son appareil dentaire étincelant.

— On m'a invitée à la party, répondit Bonnie.

Le voiturier regarda par-dessus l'épaule de Bonnie d'un air stupéfait.

— Où est votre voiture, m'dame?

— Je n'ai pas pris ma voiture.

— Vous êtes venue *à pied*?

— Non, un vaisseau spatial rempli d'aliens m'a déposée au coin de la rue. On entre par là ?

— Bien sûr. Puis-je voir votre invitation ?

— On ne m'a pas envoyé d'invitation.

— On vous a invitée mais on ne vous a pas envoyé d'invitation ?

A ce moment, Kyle Lennox apparut sous le porche. Chemise en soie verte et pantalon blanc flottant, un whisky-soda à la main. Il leva son verre pour la saluer et lança :

— Bonnie ! Entrez, entrez ! Je suis ravi que vous ayez pu venir !

Bonnie adressa aux deux voituriers une grimace genre « Et toc ! » et franchit la porte d'entrée à la suite de Kyle Lennox. Les marches et le vestibule étaient encombrés de gens, tous criaient et se bousculaient, et ils ressemblaient aux passagers sur un paquebot qui sombre rapidement. Elle ressentit un besoin paniqué de s'excuser et de partir, mais Kyle Lennox passa un bras bronzé autour de sa taille et l'entraîna à travers la cohue jusqu'à la salle de séjour. Bonnie n'avait jamais vu rien de tel. Le mur opposé était entièrement recouvert de miroirs, du sol au plafond, et bordé de statuettes en bronze de nymphes nues. Un énorme lustre en cristal était suspendu au milieu de la pièce, les fauteuils et les canapés étaient tapissés de satin crème et jaune. Les portes-fenêtres, ouvertes, donnaient sur la terrasse aux dalles en marbre d'Italie et au motif en spirale. La terrasse était pareillement bondée de gens qui riaient et criaient. Au-delà de la piscine, le jardin resplendissait de fleurs qui embaumaient l'air. Elle aperçut une statue en pierre blanche de Pan dansant sur un socle, ses cheveux formant de petites cornes.

— Vous connaissez probablement certaines des personnes qui sont ici ! lui cria Kyle Lennox dans l'oreille.

L'orchestre s'était lancé dans une version salsa de *Posi-*

tively Fourth Street, et un homme portant un sombrero rouge et un pantalon à pattes d'éléphant en satin rouge chantait mollement les paroles dans un micro.

— Là-bas, c'est Vanessa McFarlane, de *Lumière intérieure*, et Gus Hanson, d'*Amis pour la vie*.

— Gus Hanson ? Où ça ? Je n'arrive pas à le croire ! Mais oui, vous avez raison. *C'est* Gus Hanson !

— Vous voulez faire sa connaissance ? C'est un vieux copain de surf à moi.

— Je ne sais pas. Je ne sais pas. Laissez-moi reprendre mon souffle. Je suis un peu abasourdie, pour ne rien vous cacher !

— Venez, je vais vous présenter. Gus est le type le plus charmant de la planète. Mais d'abord, que diriez-vous d'un verre ? Nous avons du champagne avec des petites fraises des bois. Vous allez adorer.

Il fit signe à l'un des garçons, et celui-ci apporta un plateau sur lequel tintaient des flûtes de champagne. Six ou sept minuscules fraises des bois dansaient dans chaque flûte, et le bord des flûtes scintillait de sucre.

— Hé, c'est génial ! s'exclama Bonnie. Je n'aurais jamais eu l'idée de mettre des fraises dans du champagne. Non pas que Duke et moi ayons les moyens de boire du champagne très souvent. Enfin, quand je dis très souvent, en fait c'est jamais ! Un jour, Duke a fait tomber un cornichon dans sa bière, mais je crois que c'était un accident...

Kyle Lennox pilota Bonnie vers la terrasse, jusqu'à un banc en fonte blanc près de la piscine, où Gus Hanson bavardait avec six ou sept jeunes filles aux cheveux blonds brillants et aux longues jambes bronzées. Elles poussaient des petits rires bêtes. Gus Hanson avait des cheveux bruns frisés, un nez busqué et une chemise en soie blanche déboutonnée jusqu'au nombril. Il portait des tongs en cuir, sans chaussettes.

— Gus... voici la jeune femme dont je t'ai parlé, celle qui va nettoyer la maison Marrin.

Gus Hanson ôta ses lunettes de soleil aux verres dorés et fit un grand sourire à Bonnie.

— Bonjour... C'est formidable que vous ayez pu venir. Kyle n'arrête pas de parler de vous. Il dit qu'il n'arrive pas à croire que vous faites ce que vous faites.

— Ma foi, répondit Bonnie. Il faut bien que quelqu'un le fasse. C'est un service comme un autre.

— D'accord, mais on n'y pense jamais. On ne pense jamais à ce qui se passe après que quelqu'un a perdu la boule et a massacré toute sa famille. On ne pense jamais que quelqu'un doit passer un coup de balai-éponge !

— C'est ce que vous *faites* ? demanda l'une des jeunes filles blondes aux longues jambes en fronçant son petit nez retroussé.

— Bien sûr, c'est ce que je fais. Je nettoie des scènes de crime. Comme je l'ai dit, c'est un service comme un autre.

— Vous êtes entrée dans la maison Marrin ? demanda Gus Hanson.

— Naturellement. Je devais faire un devis.

— Euh, ça ressemblait à quoi ? Vous savez, la chambre où ils sont morts ?

— La chambre a entièrement brûlé, c'est tout. Il n'y avait pas grand-chose à voir.

— Le gosse était collé à la porte, intervint Kyle Lennox. Tu imagines un peu la scène ? Il brûlait comme une putain de torche, et il a essayé d'ouvrir la porte, mais il a, eh bien, il a fondu sur le battant de la porte.

— Bordel de Dieu ! s'exclama Gus. Et on peut vraiment *voir* ça ? Vous savez, l'endroit où il est resté collé à la porte ?

Bonnie commençait à avoir chaud, et elle se sentait trop habillée. De la sueur lui coulait dans le dos jusqu'au creux des reins. Elle but une gorgée de champagne, mais tout le sucre resta collé sur sa lèvre supérieure et lui fit une petite moustache blanche. Kyle Lennox dit « Attendez » et se servit d'une petite serviette de table pour lui essuyer la lèvre, un geste qui était à la fois intime et profondément embarrassant. Bonnie eut l'impression d'être une enfant.

A ce moment, un homme courtaud et corpulent fit le tour de la piscine. Son crâne chauve luisait comme un bouton de porte en cuivre bosselé, et ses yeux étaient dissimulés par des lunettes de soleil aux verres foncés et à grosse monture. Il portait une chemise à rayures multicolores, des rouges, des vertes et des jaunes, et un pantalon ample en toile verte.

— Bonnie, dit Kyle Lennox, je vous présente mon producteur, Gene Ballard. Gene, voici Bonnie.

Gene Ballard tendit une petite main potelée, ressemblant plus à un pied de porc qu'à une main, aux doigts chargés de grosses bagues en or. Il embaumait l'eau de toilette Fahrenheit de façon suffocante.

— C'est un réel plaisir de faire votre connaissance, ma chère. Kyle a le chic pour trouver des gens tout à fait passionnants. Vous savez qui est venu à sa dernière sauterie ? Tasha Malova, ce travesti qui a eu une liaison avec le préfet de police. Si vous l'aviez vu ! Il ou elle, je ne sais pas trop ! Splendide, à en tomber raide mort. Mais mesurant plus de deux mètres, avec une voix comme une putain de corne de brume, et une minijupe bleue lui arrivant au ras des fesses !

Il éclata d'un rire tonitruant, un beuglement plein de glaires, et se tourna vers tous ceux qui se tenaient au bord de la piscine pour vérifier qu'ils riaient également.

— Dites-moi, Bonnie, demanda Gus Hanson, est-ce qu'il vous est déjà arrivé de refuser de faire quelque chose, parce que c'était vraiment trop répugnant ?

— Et vous ? répliqua Bonnie. Est-ce qu'il *vous* est déjà arrivé de refuser de faire quelque chose ?

— Oh, bien sûr. J'ai refusé de poser pour *Playgirl.*

— Vous avez refusé de poser pour *Playgirl* ?

— Absolument. (Gus Hanson fit la moue.) Je veux que mon image de marque soit axée sur mon travail, et non sur le sex-appeal ou quoi que ce soit d'autre. Naturellement, s'il s'agit d'une scène de sexe torride, je ne m'amène pas en chemise et cravate. Mais l'essentiel, c'est de mettre en avant le talent plutôt que le *fromage.*

— Expliquez-moi, dit Gene Ballard en prenant Bonnie par le coude. Comment une jeune femme aussi jolie que vous en vient-elle à faire ce travail, vous savez, ramasser des cadavres ?

— Oh, je ne ramasse pas les restes. C'est le terme que nous employons. Les services du coroner ramassent les restes. Je nettoie la scène de crime une fois que les restes ont été emportés. Les rideaux, les moquettes, ce genre de chose. C'est exactement comme un travail de femme de ménage, mais en plus spécialisé, bien sûr.

Il approuva de la tête. Elle aurait voulu que les verres de ses lunettes ne soient pas aussi teintés. C'était comme si Gene Ballard n'avait pas d'yeux.

— Combien de temps vous faut-il pour filmer un épisode de *Sauvage et Rebelle* ? lui demanda-t-elle. Est-ce que vous faites beaucoup de prises, ou bien est-ce que vous tournez tout d'un seul trait ?

— Mais vous *avez* vu des cadavres ?

— Euh, oui, bien sûr que j'ai vu des cadavres. Mais cela ne m'arrive pas très souvent.

— Quel est le cadavre le plus horrible que vous ayez jamais vu ?

Bonnie se rendait compte à présent que tout le monde l'observait, que tout le monde l'écoutait. L'orchestre avait brusquement cessé de jouer *Positively Fourth Street* après des fioritures et un dernier accord de guitare, et il n'y avait plus que les rires et les cris venant de la maison.

— Je, euh, c'est difficile de vous répondre. Toute mort est une tragédie.

Gene Ballard passa son bras autour de la taille de Bonnie et se mit à presser en rythme mais discrètement le bourrelet de graisse qui dépassait au-dessus de sa ceinture.

— Vous, hum, vous avez vu quelqu'un qui n'avait plus de tête, quelque chose de ce genre ?

— J'ai vu une femme qui n'avait plus de tête, oui. C'était à Culver City, il y a un an environ.

— Comment était-ce arrivé ? Enfin, comment avait-elle perdu sa tête ?

— Son mari s'était jeté sur elle avec une machette. Il a frappé et frappé jusqu'à lui trancher complètement la tête.

L'une des jeunes filles émit un gloussement horrifié. Gene Ballard demanda :

— Lorsque vous avez vu cette femme, où était-elle ?

— Dans la chambre à coucher. Ce genre de choses se produit très souvent dans la chambre à coucher. Très tard la nuit, vous savez, quand les gens sont fatigués et ivres, ou bien défoncés.

— Beaucoup de sang, je parie ?

— Oh oui.

Bonnie tenta de se dégager des doigts qui la pressaient en rythme, mais elle n'y parvint pas. Gus, assis sur le banc en fonte, appuya négligemment son pied sur la table devant lui et se renversa en arrière avec un large sourire. Kyle Lennox parcourut du regard tous ses amis comme pour dire : « Qu'est-ce que je vous avais dit ? Cette fille est un sacré numéro, non ? »

— Et ensuite, lorsque vous avez vu cette femme ? Elle était habillée, ou bien était-elle nue ?

— Elle était... (une toux sèche)... elle était entièrement nue.

— Ainsi donc elle était étendue sur le lit, nue et sans tête ? Elle était allongée sur le dos ?

— Ecoutez, je n'ai vraiment pas envie d'entrer dans les détails.

— Elle avait les jambes écartées, ou bien serrées ?

Bonnie tendit une main derrière son dos et repoussa fermement son bras.

— Comme je l'ai dit, monsieur Ballard, toute mort est une tragédie, et c'est quelque chose de très personnel pour toutes les personnes qui sont concernées. Je ne fais pas ce travail parce que je suis une sorte de voyeuse.

— Hé, ne vous fâchez pas ! Je n'insinue pas du tout que vous êtes une sorte de voyeuse. Cela m'intéresse juste de savoir en quoi consiste votre travail. Vous comprenez, nous tous ici, nous nous occupons uniquement de fiction, d'histoires imaginées par des scénaristes. Le seul sang que *nous* voyons provient des effets spéciaux. Mais vous, vous avez affaire à la réalité.

— C'est ce qu'on m'a dit.

— Alors, quelle est la pire chose que vous ayez jamais vue ? La femme avec un corps mais pas de tête ? Est-ce que vous avez déjà vu une femme avec une tête mais pas de corps ?

Gus Hanson rit aux éclats. Kyle Lennox applaudit. Bonnie dit « Si vous voulez bien m'excuser » et posa sa flûte de champagne sur la table. Gus déplaça son pied trop rapidement et fit tomber la flûte. Elle se brisa sur les dalles en marbre, et les fraises des bois roulèrent sur le sol.

— Je suis désolée, dit Bonnie nerveusement. Je ne l'ai pas fait exprès. Dites-moi combien coûte cette flûte, et je vous en achèterai une autre.

Kyle Lennox sourit et secoua la tête.

— C'est du cristal de Waterford, elle coûte probablement plus de cent cinquante dollars, mais... allons, Bonnie, n'en parlons plus.

Bonnie répéta « Je suis désolée » et s'éloigna en hâte. Elle se fraya un chemin à travers la cohue dans la salle de séjour, et un ou deux invités lui lancèrent un regard étonné, puis elle franchit la porte d'entrée et se retrouva dans la rue.

— Hé, vous partez déjà ? dirent les deux voituriers boutonneux.

— J'ai fait une erreur, répondit Bonnie en s'efforçant d'empêcher sa voix de chevroter. Je me suis trompée de party.

Elle commença à marcher le long de Lincoln Boulevard. Les talons de ses sandales claquaient sur le trottoir.

— Bonnie ! appela Kyle Lennox. Bonnie, revenez, voyons !

Elle ne se retourna pas. Elle voulait juste continuer de marcher jusqu'à ce qu'elle ait atteint son camion, et ne plus jamais penser à Kyle Lennox ni à *Sauvage et Rebelle*. Elle se traita de tous les noms pour son orgueil. Pour quelle raison Kyle Lennox l'avait-il invitée, hein ? Parce qu'elle était belle, ou riche, ou connue, ou élégante ? Comment avait-elle pu venir à une party organisée par une star de la télévision en portant un corsage à jabot plissé qui la faisait ressembler à une serveuse dans un restoroute et un pantalon d'où débordait toute sa graisse ? Et avec un sac à main en vinyle contenant un maillot de bain en lycra ?

Kyle Lennox courut après elle un moment, puis il fit un geste de la main péremptoire et rebroussa chemin vers sa petite sauterie. Bonnie tourna le coin juste au moment où un flic de la circulation glissait un PV sous l'un des essuie-glaces de son camion.

Dans l'obscurité cette nuit-là

Des larmes brûlantes coulaient des yeux de Bonnie, et elle se recroquevilla le plus possible pour essayer de se consoler. Elle ne voulait pas pleurer, mais sa gorge lui faisait trop mal, et elle ne put s'empêcher de pousser un petit cri rauque de détresse.

Elle laissa échapper une autre plainte, puis une troisième, et ensuite elle se mit à sangloter si amèrement qu'elle pouvait à peine respirer.

Duke se mit sur son séant.

— Et merde, qu'est-ce qui te fait rire ?

Elle essaya de recouvrer son souffle mais n'y parvint pas.

— Il est deux heures et demie du matin ! Putain, qu'y a-t-il de si drôle ?

— Je ne ris pas, répondit-elle en s'essuyant le visage sur le drap. Je pleure.

— Tu pleures ? (Il s'ensuivit un long silence exaspéré.) Et pour quelle raison pleures-tu ?

— Je n'en sais rien, Duke. J'ai sans doute fait un rêve très triste.

— Tu as fait un rêve très triste ? Tu as fait un rêve très triste, alors tu te crois obligée de faire autant de boucan qu'une baleine ?

— Excuse-moi.

— Ouais, eh bien, fais-moi une faveur et rendors-toi. Et, pour l'amour du ciel, ne fais pas de rêves où tu es heureuse !

Bonnie s'essuya les yeux avec ses doigts et renifla.

— Non, Duke, c'est promis.

Pasadena, où l'herbe est plus verte

— Phil, je vous présente Bonnie. Bonnie, je vous présente Phil Cafagna, acheteur en chef pour Pacific Pharmacy.

Un homme aux cheveux argentés et au complet trois-pièces argenté baisa la main de Bonnie et dit :

— Enchanté. J'ai toujours dit que Ralph avait un goût exceptionnel.

— Bonnie fait un travail tout à fait remarquable pour nous, Phil. Grâce à elle, notre chiffre d'affaires a augmenté de plus de six pour cent cette année.

— Ma foi, je vois pourquoi.

Phil sourit. Il était très bronzé, avait des yeux bleus lumineux, et Bonnie trouva qu'il ressemblait à Blake Carrington dans *Dynastie*. Ses cheveux semblaient se dresser pour former deux cornes démoniaques. En y regardant plus attentivement, Bonnie se rendit compte qu'il s'agissait d'une mèche postiche.

— Je vous verrai plus tard, Bonnie.

Phil lui fit un clin d'œil et s'éloigna dans le hall de l'hôtel. Ralph dit, à voix basse :

— Surtout méfiez-vous de ce type. C'est un cavaleur de première !

— Ah bon ? Sa moumoute me donne le frisson.

Ralph porta l'index à ses lèvres.

— Si Phil aime ce qu'il voit, il peut changer nos affaires du tout au tout. Pacific Pharmacy a deux cent quatre-vingts points de vente, sous différents noms, dans tout le pays, depuis Eureka jusqu'à San Diego.

— Du moment que cela ne signifie pas que je serai obligée de passer mes doigts dans sa moumoute !

Bonnie et Ralph se tenaient dans la file d'attente dans le hall moquetté de bleu du Ramada Inn sur Colorado Boulevard Est, à Pasadena. Le hall était déjà bondé d'acheteurs et de représentants appartenant à des dizaines de grands magasins et de parfumeries, et une odeur suffocante de parfums de luxe flottait dans l'air. Bonnie portait son tailleur rose en coton imprimé, mais, à côté des autres représentantes en produits de beauté, elle se sentait nettement pas assez chic et pas assez maquillée. Ralph s'était acheté un pimpant veston sport et avait passé une orchidée à sa boutonnière, mais les revers de son pantalon flottaient toujours à trois centimètres au-dessus de ses mocassins Gucci.

— Bon, voici le programme. Notre principale présentation est fixée à dix-neuf heures... ensuite il y a les cocktails et le contact avec les acheteurs, six démonstrations séparées et le lancement spécial de Renaissance Zen. Nous mettrons tout cela au point dès que nous aurons signé le registre.

— Ralph... je tiens à vous remercier de m'avoir donné une seconde chance.

— Ne soyez pas ridicule. Je n'aurais jamais pu vous renvoyer. Vous avez une famille, après tout.

— Ma foi, plus ou moins.

— Vous avez toujours des problèmes avec Duke ?

— Comment le savez-vous ?

— Nous travaillons dans une petite société, Bonnie. Il

n'y a pas grand-chose que je ne sache pas. Surtout lorsque cela concerne quelqu'un à qui je tiens énormément.

— Oui, je comprends. Les choses finiront bien par s'arranger.

La soirée Glamorex se déroula encore mieux que Bonnie ne l'avait espéré. Les clips publicitaires avaient été tournés dans des lieux familiarisés par les séries télévisées, et chaque produit bénéficiait d'un commentaire accrocheur et haletant, censé expliquer à une femme comment elle pouvait utiliser l'ombre à paupières Mon Mystère pour ressembler à une milliardaire ou bien la lotion tonique pour le corps Eclat d'Ange afin de séduire l'homme de ses rêves. De ravissantes jeunes filles en minijupes ornées de paillettes dorées exécutaient une danse funky au Café Insomnia de la série télévisée *Les Caprices du destin* afin de présenter la nouvelle gamme de vernis à ongles Nuits Disco. Deux couples sophistiqués dînaient au Colonnade Room de la série télévisée *Tendres Passions* pour le lancement de la laque Etreinte Amoureuse.

Après la présentation vidéo, des garçons apportèrent sur des plateaux du vin mousseux et des canapés. Deux esthéticiennes professionnelles, des sœurs jumelles, présentèrent tous les nouveaux produits Glamorex. En privé, Ralph les appelait les Barbie Lobotomisées. Phil Cafagna s'approcha de Bonnie lorsqu'elle eut fini son laïus sur Renaissance Zen, et leva son verre.

— Vous êtes un atout commercial précieux, Bonnie. Ralph est un sacré veinard.

— Ralph est un bon patron, monsieur Cafagna.

— Oh, appelez-moi Phil, bon sang ! Un verre de vin ?

Il saisit un verre sur un plateau qui passait à proximité et le tendit à Bonnie.

— Portons un toast, dit-il. Au vrai visage qui se cache derrière le masque peint !

Bonnie n'était pas très sûre de comprendre ce qu'il voulait dire, mais elle choqua néanmoins son verre contre celui de Phil.

— Et vous, Bonnie ? demanda-t-il. A quoi ressemble vraiment votre visage lorsque vous ne vendez pas des produits de beauté Glamorex ? Quelle sorte de personne êtes-vous ?

— Je suis une épouse et une mère.

— Je ne parlais pas de cela. Etre une épouse et une mère définit vos relations avec d'autres personnes. Cela ne me dit pas quelle sorte de personne vous êtes.

— Je ne suis pas très sûre de savoir quelle sorte de personne je suis. Quelqu'un de bien, j'espère. Quelqu'un qui s'occupe d'autres personnes lorsqu'elles ont le plus besoin de moi.

— Je n'en doute pas un seul instant ! Vous me donnez l'impression d'être une femme profondément compatissante. Mais vous me donnez également l'impression d'être une femme qui n'a jamais eu l'opportunité de se libérer et d'être elle-même.

Bonnie lui fit un petit signe de la tête pour indiquer qu'elle ne comprenait pas du tout de quoi il parlait.

Il la prit par le bras et l'entraîna vers les portes-fenêtres. Au-dehors, malgré une légère brise, il faisait chaud, et c'était une nuit splendide. Bonnie entendait de la musique venant de la salle de bal.

— Je travaille avec des femmes toute la journée, tous les jours, et je pense les connaître assez bien, déclara Phil. Au jour d'aujourd'hui, elles ont leur carrière, elles ont leur indépendance, et elles peuvent faire à peu près tout ce qui leur plaît. Mais vous savez quoi ? Elles sont néanmoins prises au piège. Chacun de nous est pris au piège, jusqu'à ce qu'il trouve quelqu'un qui le libère. C'est ce qu'il vous faut, Bonnie. Vous avez besoin de quelqu'un qui vous donnera la clé permettant de vous évader.

Ils flânèrent dans le cloître couvert. Le lierre sur les murs bruissait doucement, l'orchestre jouait une version sirupeuse de la chanson de Lyle Lovett, *Nobody Knows Me*. Pour la première fois depuis des années, Bonnie se sentait en paix, détendue, et même romantique.

— Un autre verre de vin ? proposa Phil.

— Non, je ne crois pas. Nous avons un petit déjeuner très tôt demain matin. Ensuite nous devons rentrer à L.A.

Phil s'arrêta et la regarda dans les yeux.

— Vous êtes une femme superbe, Bonnie. Vous avez tout pour être heureuse, et cela me désole de voir une femme comme vous souffrir de la sorte.

— Je ne souffre pas, Phil. Je suis une femme ordinaire qui travaille, comme toutes les autres femmes ordinaires qui travaillent.

— Vous le pensez vraiment ? Je connais la souffrance. Je perçois tout de suite la souffrance chez une personne.

Bonnie haussa les épaules.

— Je ne peux pas dire que je n'ai pas de problèmes.

— Votre mari ne vous voit pas à votre véritable valeur.

— Pour être franche avec vous, Phil, je crois qu'il ne me voit pas du tout.

— Vos enfants ne vous apportent que des tracas.

— Un enfant. Nous n'avons qu'un enfant... Ray, il a dix-sept ans. Mais que pouvons-nous espérer ? Tous les enfants sont une source d'ennuis lorsqu'ils grandissent.

— Et que comptez-vous faire ?

— Faire ? Que voulez-vous que je fasse ? Demain je vais rentrer chez moi, comme d'habitude.

— Et si je vous disais de ne pas rentrer chez vous ?

— Je dois rentrer chez moi, Phil. Que pourrais-je faire d'autre ?

— Vous pourriez passer le reste de la semaine avec

moi. Nous pourrions faire du bateau au large de Catalina Island. Nous pourrions nous promener sur la plage, manger du homard au dîner et boire du champagne...

Bonnie sourit et secoua la tête.

— Je vais vous dire quelque chose, Bonnie, poursuivit Phil. Beaucoup de gens me prennent pour une sorte de Casanova qui va de femme en femme, qui couche avec elles et les abandonne ensuite. Mais la vérité, c'est que je ne supporte pas de voir des femmes qui n'ont jamais la chance d'être elles-mêmes. Leurs maris ne leur permettent pas de se libérer parce qu'elles deviendraient trop exigeantes, et leurs employeurs ne leur permettent pas de se libérer parce qu'elles pourraient exiger ce qu'elles méritent vraiment. Alors elles continuent ainsi, année après année, jusqu'au jour où elles réalisent que quasiment toute leur vie s'est écoulée, qu'elles ont perdu leur beauté, et que tout ce qui les attend, c'est la vieillesse. Pour moi, c'est une peine de prison à vie.

« J'éprouve du plaisir à libérer des femmes sur parole. J'éprouve du plaisir à leur montrer quelles personnes passionnantes et séduisantes elles sont en réalité. Parfois il y a du sexe et parfois il n'y en a pas. Cela n'a aucune importance. Ce qui est important, c'est la joie pure et simple d'ouvrir la porte de la cellule et de dire à cette femme : "Venez, sortez et amusez-vous un moment. Pas de conditions, pas de responsabilités, pas de récriminations. Amusez-vous et dansez en toute liberté".

Bonnie finit son verre de vin mousseux. Puis elle se dressa sur la pointe des pieds et donna à Phil un baiser sur chaque joue.

— Je peux vous dire quelque chose ? demanda-t-elle.

— Bien sûr. Vous êtes entièrement libre. Vous n'allez peut-être pas me croire, mais vous pouvez dire absolument tout ce que vous voulez.

— Pas de conditions, pas de responsabilités, pas de récriminations ?

— Absolument aucune.

— Ce que vous venez de dire... me libérer sur parole... c'est le baratin le plus merdique que j'aie jamais entendu de toute ma vie.

Elle avait un sourire si charmant que, durant trois bonnes secondes, il ne réalisa pas ce qu'elle venait de lui dire. Puis, petit à petit, son visage passa par une série de changements compliqués, comme s'il cherchait une expression qui lui permettrait de continuer de parler à Bonnie sans perdre le peu de dignité qui lui restait.

— Vous trouvez que c'est un baratin merdique ? demanda-t-il finalement.

Il contrôlait sa voix, mais elle contenait un tremblement manifeste.

— Tout à fait. Et c'est l'opinion de quelqu'un qui travaille avec des hommes toute la journée, tous les jours.

— Dans ce cas, je suppose que vous et moi ne passerons pas la nuit ensemble, alors ?

— Je pense que c'est fort improbable.

— Je vois. De même qu'il est fort improbable que Pacific Pharmacy passe une seule commande à Glamorex ?

— Qu'est-ce que c'est ? Une menace ?

— Non, ma chère. Vous devriez le savoir. C'est juste un baratin merdique.

Elle rejoignit Ralph au bar. Il s'envoyait allègrement des whisky-soda. Elle s'assit à côté de lui et demanda au barman un ballon de vin blanc. En fait, elle avait envie d'une bière, mais elle devait penser à sa ligne.

— Il faut fêter ça ! dit Ralph en levant son verre. Nous

avons eu plus de commandes ce soir qu'au cours de ces six derniers mois. Et c'est en grande partie grâce à vous !

— Ralph...

— Ne soyez pas modeste. Vous avez été sensationnelle. Vous avez subjugué Phil Cafagna. Et dire que je voulais vous renvoyer ! Je n'arrive pas à le croire. Vous me pardonnez, n'est-ce pas ?

— Ralph, il n'y a rien à pardonner.

— Oh, mais si ! La vérité, Bonnie, c'est que j'étais jaloux. Je voulais vous emmener à Pasadena, mais vous ne pouviez pas venir parce que vous aviez un mari et un fils. Et je l'admets bien volontiers : j'étais jaloux.

— Ralph, vous n'avez aucune raison d'être jaloux.

— Détrompez-vous ! (Il se pencha en avant vers Bonnie, comme s'il s'efforçait de s'assurer qu'il parlait à la personne qu'il fallait.) Je suis amoureux de vous, Bonnie. Voilà, je l'ai dit ! Je suis tombé amoureux de vous dès le premier instant où je vous ai vue, si ce n'est que je vous aime deux fois plus à présent, en admettant que ce soit possible.

— Ralph, vous avez bu trop de verres de whisky !

— Oh, bien sûr. Mais ils m'ont donné le courage de vous dire ce que j'éprouve vraiment pour vous, c'est tout. Vous êtes la femme la plus désirable que j'aie jamais connue.

— Je suis très flattée, Ralph, mais vous êtes un homme marié et je suis une femme mariée.

— Et puis après ? Vous savez et je sais que tous deux nous nous sommes mariés avec les personnes qu'il ne fallait pas !

— Ralph, il faut que je vous dise quelque chose. Quelque chose de très grave.

— Chut ! Ne dites rien. Ne gâchez pas l'illusion.

— Quelle illusion ?

— L'illusion que des gens pourraient avoir que vous

et moi sommes un couple et que, lorsque nous aurons fini ces verres, nous regagnerons notre chambre en emportant une bouteille de champagne et ferons l'amour comme des fous !

— C'est une sacrée illusion.

Ralph ôta ses lunettes.

— Vous trouvez ? lui demanda-t-il.

Sur la table de nuit de Ralph

Bonnie ouvrit les yeux. Sur la table de nuit à côté d'elle il y avait :

Les lunettes de Ralph
La montre-bracelet Sekonda en acier inoxydable de Ralph
Un stylo-bille offert par Glamorex
Un rouleau de Tums à moitié terminé
Quatre-vingt-six cents en petite monnaie
Un bloc-notes Ramada sur lequel était griffonné le mot « Extase »

Le lendemain matin

Le lendemain matin, Ralph lui fit l'amour à nouveau, en silence. Il se soulevait et s'abaissait sur elle très lentement, comme un homme qui nage pour se détendre, et à aucun moment il ne la quitta des yeux.

Sans ses lunettes, il semblait avoir rajeuni de plusieurs années, et il était presque beau. De surcroît, son corps était étonnamment musclé et athlétique. Il respirait par le nez sans à-coups, et de temps à autre il baissait la tête pour l'embrasser.

Lorsqu'il jouit, il saisit les cheveux de Bonnie sur sa nuque et pressa son visage contre sa poitrine. Elle eut l'impression qu'il voulait l'enfouir en lui afin d'être en mesure de la garder et de la protéger pour toujours.

Ensuite, ils restèrent allongés l'un à côté de l'autre. Le soleil du matin dessinait sur le lit des barres géométriques lumineuses.

— Ma foi, je crois que nous ferions bien de nous lever dans un instant, dit Ralph en prenant sa montre et en l'approchant de ses yeux de myope. Le petit déjeuner promotionnel commence à huit heures.

Bonnie traça un cercle sur l'épaule de Ralph avec son index.

— C'est drôle, non ? Duke était convaincu que tu voulais coucher avec moi, mais je lui ai dit que tu n'avais pas l'ombre d'une chance.

— Tu ne le regrettes pas ?

— Je regrette seulement de ne pas l'avoir fait des années plus tôt. J'avais oublié comment c'était. A quel point cela peut être bon.

— Ce n'est pas simplement le sexe, dit Ralph. C'est la personnalité. Vanessa a à peu près autant de personnalité qu'une valise vide.

— Tu es un merveilleux amant, Ralph.

Il l'embrassa.

— Je ne veux pas que cela se termine ici, Bonnie.

— Nous avons tous deux des responsabilités, Ralph. Nous ne sommes plus des adolescents insouciants.

— Néanmoins, je ne veux pas que cela se termine ici.

Elle se mit sur son séant. Elle ne savait pas quoi dire à Ralph parce qu'elle ne comprenait pas ce qui lui était arrivé. Elle se sentait surexcitée, oui, et flattée, et audacieuse. Mais le monde où elle s'était réveillée ce matin était un endroit très différent du monde où elle avait vécu la veille. Tout semblait identique, et pourtant tout avait changé autour d'elle, comme si des machinistes avaient tout déplacé pendant qu'elle dormait.

Elle s'extirpa du lit et alla, nue, jusqu'à la fenêtre, une main posée pudiquement sur son ventre. Ralph resta où il était et l'observa tandis qu'elle ouvrait les rideaux.

— J'ai envie de m'enfuir, déclara-t-elle. (Elle se retourna et lui sourit.) J'ai envie de m'enfuir et de ne jamais revenir.

— Nous pouvons le faire, si tu veux.

— Non, nous ne le pouvons pas. Nous avons tous deux des affaires à diriger, des personnes qui comptent sur nous.

— Nous pouvons vendre et nous installer à San

Francisco, et vivre comme des hippies jusqu'à la fin de nos jours !

— Un joli rêve, monsieur Kosherick.

— Ce n'est pas nécessairement un rêve, madame Winter.

Elle revint s'asseoir au bord du lit et passa doucement ses doigts dans les cheveux de Ralph.

— Tu m'as fait énormément de bien. Tu sais cela ?

— Je le sais. Tu as fait la même chose pour moi. Et c'est pour cette raison que je ne veux pas que cela se termine.

— Ma foi, nous verrons bien, dit-elle en l'embrassant sur le front.

L'enfant dans le carton

Elle gara son camion derrière la Chevrolet de Dan Munoz, descendit de la cabine et remonta l'allée en ciment chauffée par le soleil. Dan attendait devant la porte d'entrée et parlait avec un homme tout ratatiné, âgé de soixante-dix ans environ, en saharienne et pantalon de toile beige.

— Bonjour, Bonnie.

— Bonjour, Dan. Jolie cravate.

— Armani, merci. Bonnie, je vous présente George Keighley, le propriétaire. Il va vous montrer la maison afin de vous permettre de lui fixer un prix. George, je vous présente Bonnie Winter, la plus grande spécialiste du nettoyage de cette ville. En fait, Bonnie est la reine du nettoyage !

George Keighley émit une toux sèche et salua Bonnie de la tête. Sa peau était de la couleur d'une saucisse de foie oxydée, et il avait d'énormes oreilles poilues, comme celles d'un Hobbit.

La maison sur Ivanhoe Drive était peinte en jaune vif, avec des volets vert vif et un toit rouge vif, ce qui donnait l'impression que ses couleurs avaient été choisies par un enfant de six ans. George Keighley les fit entrer dans le vestibule exigu, lequel, mal ventilé et sentant le renfermé, était inexplicablement encombré de cinq chaises de salle à manger. Puis ils allèrent dans le séjour, une pièce en forme de L mal conçue, meublée de divans et de fauteuils dépareillés. Il y avait une table basse des années soixante avec des boules en bois orange en guise de pieds.

— Vous avez vu ce carton sur le téléviseur ? demanda Dan à Bonnie.

— Non. Que s'est-il passé ?

— La maison avait été louée par un type âgé de vingt-quatre ans, David Hinsey, et par sa petite amie, Maria Carranza, âgée de vingt-deux ans. Hinsey travaillait pour une entreprise de réparation de téléviseurs, et Carranza était caissière au Kwik-Mart. Ils avaient un fils âgé de deux ans et demi, Dylan. Le problème, c'est qu'ils n'avaient pas les moyens de prendre une baby-sitter, alors, avant de partir à son travail, Carranza enfermait toujours Dylan dans un grand carton d'épicerie, et elle fermait le carton avec du ruban adhésif pour que l'enfant ne puisse pas en sortir. Elle perçait des trous dans le carton pour lui permettre de respirer, et elle donnait au gosse un grand verre de jus d'orange et un paquet d'Oreos. Elle laissait la télévision allumée, également, afin qu'il puisse la regarder à travers une petite fente.

— Seigneur ! s'exclama Bonnie. Et combien de temps le laissait-on dans ce carton ?

— Six ou sept heures d'affilée. Parfois plus longtemps si Hinsey faisait des heures supplémentaires. Les voisins ne savaient même pas que Carranza et lui avaient un enfant !

George Keighley dit « Par ici » et eut une petite toux sèche à nouveau. Ils le suivirent dans le couloir, passèrent à la hauteur d'une salle de bains sentant le renfermé et comportant une baignoire vert clair et une cabine de douche dont la porte en verre était craquelée, et arrivèrent devant la porte de la chambre principale.

— J'ai été obligé de laisser les fenêtres fermées à cause des vandales, déclara George Keighley. Je vous préviens, ça schlingue !

Il ouvrit la porte et Bonnie sentit immédiatement la puanteur de poulet putréfié du sang entrant en décomposition. Elle s'avança dans la chambre et jeta un regard à la ronde. Les rideaux orange bon marché étaient tirés, et un moment lui fut nécessaire pour que ses yeux s'habituent à la pénombre. Néanmoins, elle perçut tout de suite cette atmosphère effroyable qui était caractéristique de toutes les scènes de crime qu'elle avait vues — le sentiment que quelque chose d'inconcevable s'était produit ici. Tout droit venu de l'enfer.

Sur un côté de la chambre il y avait deux lits à une place, poussés l'un contre l'autre. Ils ne comportaient pas de draps ni de couvertures, juste deux matelas usés à la toile bleutée. Les deux matelas étaient souillés de sang marron foncé et, sur le mur couleur magnolia derrière eux, il y avait une quantité indescriptible d'empreintes de mains et de taches semi-circulaires de sang séché et d'excréments.

— Hinsey et Carranza n'avaient pas les moyens de prendre une baby-sitter parce qu'ils dépensaient tout leur argent en amphets et en crack, dit Dan. Personne ne saura jamais ce qui s'est passé au juste, mais tout laisse penser que Hinsey est rentré à la maison et s'est aperçu que Carranza avait pioché dans sa réserve de came pendant qu'il était à son travail. A l'évidence, il y a eu une violente dispute, puis une bagarre, et Hinsey a frappé Carranza avec un couteau de cuisine. Non pas une fois, ce qui aurait été suffisant pour la tuer, mais deux cent sept fois ! Sur tout le corps. Même sur le visage.

— Et ensuite ? demanda Bonnie.

Elle se mit à croupetons sur la moquette vert clair afin d'examiner une tache marron rectangulaire.

— Ensuite Hinsey a certainement réalisé ce qu'il venait de faire et il s'est suicidé. Il s'est fait hara-kiri, un seppuku, pour être précis. Il s'est ouvert l'abdomen avec le couteau, dans ce sens, puis dans l'autre, et ses intestins se sont répandus sur le lit. Le médecin légiste a dit qu'il avait probablement agonisé pendant plus de trois heures.

— Un foutu gâchis, dit Bonnie.

Dan se tint à ses côtés pendant qu'elle passait ses doigts dans le poil de la moquette souillée pour en connaître l'épaisseur et la matière. Principalement du polyester, heureusement.

— Bien sûr, le gosse était toujours enfermé dans le carton et ne pouvait pas sortir. Il est resté dedans pendant presque une semaine avant de mourir de déshydratation. Il avait tellement faim qu'il a mangé des morceaux de carton.

Bonnie se remit debout.

— C'est l'endroit où se trouvait le carton ? demanda-t-elle en montrant du doigt la tache rectangulaire.

— C'est exact. Personne à l'entreprise de réparation de téléviseurs ne s'est demandé pourquoi Hinsey ne venait plus travailler. Il était souvent absent et on ne pouvait pas compter sur lui. Même chose pour Carranza. Finalement, M. Keighley est venu pour encaisser le loyer du mois, et c'est à ce moment qu'on les a découverts. Le médecin légiste estime qu'ils étaient morts depuis plus de trois semaines. Le gosse avait tellement gonflé qu'il a fait éclater le carton.

Bonnie examina la chambre une dernière fois.

— Cela ne devrait pas vous revenir trop cher, monsieur Keighley. Je peux vous débarrasser des matelas et nettoyer les murs et la moquette. Je peux également vaporiser un insecticide pour éliminer les mouches à viande. Disons autour de six cents.

— Six cents ? Nom de Dieu ! Pas étonnant qu'on vous appelle la reine du nettoyage !

— C'est le prix, monsieur Keighley. Vous ne trouverez personne d'autre qui accepte de faire ce travail pour moins. En fait, vous ne trouverez personne d'autre qui accepte de faire ce travail.

— Vous avez ce qui se fait de mieux ! dit Dan en posant sa main sur l'épaule de Bonnie.

M. Keighley gonfla les joues.

— Bon, entendu, si c'est le prix. Vous pouvez venir quand ?

Ils regardèrent George Keighley s'éloigner au volant d'une Cadillac noire d'un âge respectable mais impeccablement lustrée.

— Vous savez à qui appartenait cette voiture ? fit Dan. A Neil Reagan... le frère aîné de Ronnie.

— Ronald Reagan avait un frère *aîné* ?

— Bien sûr. Difficile à croire, hein ?

Dan sortit de sa poche l'un de ses cigares vert vif.

— Est-ce qu'il y a quelque chose de différent chez vous aujourd'hui ? lui demanda-t-il.

— Je n'en sais rien. Que voulez-vous dire ?

— Vous avez l'air différente. Mais je ne saurais dire quoi au juste. C'est peut-être votre coiffure.

Bonnie haussa les épaules. Cependant, elle savait de quoi il parlait. Après sa nuit à Pasadena, elle se *sentait* différente, sans aucun doute. Presque grisée.

— Je voulais vous parler de quelque chose, dit-elle. J'ai trouvé un genre de chrysalide dans la maison des Glass et des chenilles dans l'appartement des Goodman. J'ai montré l'une de ces chenilles à Howard Jacobson, à

UCLA, pour savoir ce que c'était. Il a dit que c'était un papillon, mais un papillon d'une espèce extrêmement rare.

— Et ?

— Ma foi, je ne sais vraiment pas. Mais il a dit que ce papillon avait une mauvaise réputation dans le folklore mexicain. Il était le déguisement pendant la journée d'une déesse maléfique. Selon la légende, elle poussait des gens à la folie pour qu'ils tuent les personnes qu'ils aimaient le plus.

Dan alluma son cigare et exhala un petit nuage de fumée.

— Et vous en concluez quoi ? Que Aaron Goodman était possédé ? Il tenait un pressing. Les gérants de pressing ne sont jamais possédés !

— Non, bien sûr que non. Mais Howard a dit que l'on trouvait ce papillon uniquement dans une certaine région du Mexique. Et il y a une sorte de lien avec le Mexique, non ? Il y avait un crâne en sucre mexicain chez les Glass, d'accord ? Et il y avait une peinture représentant deux Mexicains coiffés de sombreros dans la maison Marrin. Et les Goodman avaient une domestique mexicaine.

— Oh, bien sûr ! Les Goodman et un million et demi d'autres familles habitant à Los Angeles !

— Je ne dis pas que cela *signifie* quoi que ce soit, mais j'ai pensé que cela pouvait vous intéresser, c'est tout.

— Je préfère vous laisser les insectes et les asticots, ma jolie, sourit Dan. Dites, je ne peux vraiment pas vous inviter à dîner ?

Le plat préféré de Duke

Ce soir-là, elle prépara le plat préféré de Duke :

2 1/2 livres de côtes de porc
2 tasses de jus d'ananas
3 cuillerées à soupe de sauce de soja
3 cuillerées à soupe d'huile de sésame
4 gousses d'ail hachées menu
Des lamelles de poivron rouge
2 cuillerées à thé de racine de gingembre hachée menu

Elle fit mijoter les côtes de porc dans le jus d'ananas jusqu'à ce qu'il soit presque entièrement évaporé, puis elle mit les côtes de porc dans le reste des ingrédients et les laissa mariner pendant trente minutes. Ensuite elle les fit cuire au four, jusqu'à ce qu'elles soient bien croustillantes.

— A quoi dois-je ce plaisir ? demanda Duke, son menton luisant de sauce piquante.

— Je ne sais pas. J'ai juste pensé que le moment était venu pour nous d'essayer d'être gentils l'un pour l'autre.

Duke renifla et s'essuya la bouche du dos de la main.

— Tu as l'air différente. Tu as changé d'ombre à paupières, c'est ça ?

— Hon-hon. Toujours Caresse de Minuit.

— Mais c'est pas vrai ! Qui trouve des noms aussi stupides ? Caresse de Minuit !

Bonnie reprit de la salade et pensa à la main de Ralph se déplaçant sur le lit aux premières heures après minuit et lui caressant doucement les seins.

— Il reste des haricots ? demanda Ray.

— Bien sûr. (Bonnie se leva.) Tu en veux, toi aussi, Duke ?

Nettoyage à nouveau

Le lundi matin, elles commencèrent par décrocher les rideaux orange. Elles ouvrirent également les fenêtres en grand afin de dissiper l'odeur du sang. Revêtues de leurs combinaisons de protection jaune vif, Bonnie et Esmeralda portèrent les matelas jusqu'au camion, et Bonnie les recouvrit avec l'un des rideaux.

Lorsqu'elles déplacèrent les lits, elles s'aperçurent que quelque chose d'indescriptible et sentant le rance avait coulé le long du mur jusqu'à la plinthe, et que le coin de la chambre grouillait d'asticots. Esmeralda alla chercher l'aspirateur et entreprit de les aspirer. Les asticots produisirent un léger clapotement dans le tuyau de l'aspirateur, presque comme une averse par une journée sèche.

— C'était comment, Pasadena ? demanda Esmeralda.

— Bien. C'était très bien.

Bonnie se mit à quatre pattes et vaporisa du détachant sur la marque rectangulaire marron de la moquette. Tandis qu'elle frottait avec une brosse, elle s'efforça de ne pas penser à ce qu'elle nettoyait, mais l'horreur la submergea de façon soudaine et inattendue, telle une gigantesque vague glacée. Elle se releva — elle devait se lever — et lorsqu'elle fut debout, elle faillit s'évanouir.

— Bonnie ? Qu'y a-t-il ?
— Dan Munoz a dit...
— Dan Munoz a dit quoi ?
— Dan Munoz a dit qu'il avait essayé de manger le carton.
— Qui ça ? Mais qu'est-ce que tu racontes ?
— Le gosse dans le carton d'emballage. Il mourait de faim, alors il a essayé de manger le carton.
— Hé, tu as une mine affreuse ! Va donc t'asseoir dans le camion un moment.
— Je... non, ça va, ça va.
— Non, ça ne va pas du tout ! Tu es pâle comme un linge. Repose-toi, je finirai de passer l'aspirateur.

Bonnie prit deux ou trois profondes inspirations, mais elle perdit l'équilibre et faillit tomber. Elle était en nage, comme cela lui arrivait toujours quand elle allait avoir ses règles.

— Laisse-moi deux minutes pour récupérer. Je n'ai pas pris de petit déjeuner... c'est pour ça.
— Tu veux que je t'accompagne ?
— Non, ça ira, je te remercie. Je reviens tout de suite.

Elle sortit de la maison. Il faisait chaud, mais une légère brise soufflait du sud-ouest, rafraîchissant son front en sueur. Bonnie grimpa dans la cabine de son camion, ouvrit la glacière 7-Up où elle mettait toujours son petit déjeuner et prit une bouteille glacée de Coca Light. Elle but une gorgée, mais le Coke remonta brusquement dans sa gorge et lui sortit par le nez.

Elle ne s'était encore jamais sentie aussi mal, même lorsqu'elle avait nettoyé un lit d'enfant où deux bébés, des jumelles, étaient restés pendant plus de deux mois. Ses mains tremblaient, et lorsqu'elle se regarda dans le rétroviseur, elle vit que ses lèvres semblaient complètement exsangues.

Calme-toi, se dit-elle. Compte jusqu'à dix et ne pense absolument à rien.

Au bout de cinq minutes, elle commença à se sentir un peu mieux. Elle descendit du camion et rebroussa chemin vers la maison. Un jeune garçon en T-shirt rose à rayures et aux cheveux châtains luisants s'approcha et la regarda en fermant un œil à cause du soleil.

— C'est une combinaison spatiale ?

— Non... c'est une combinaison pour m'éviter d'attraper de vilains microbes.

— Des gens sont morts dans cette maison.

— Je sais.

— Un petit garçon est mort.

— Oui. C'est très triste.

— Il est toujours dans la maison ?

— Non, il n'est plus là. Il est au ciel maintenant.

— Quand des gens meurent, on dit une prière.

— C'est exact. Tu pourrais dire une prière, hein ?

— J'ai entendu un bruit dans cette maison.

— Allons, c'est fini maintenant. Ne pense plus à ça.

Le jeune garçon forma des griffes avec ses mains et grimaça comme une gargouille.

— J'ai entendu un bruit... *grrrarrrgghhhhh* !

— Ce devait être plutôt effrayant.

— C'était le bruit le plus effrayant au monde. C'était *grrrarrrgghhhh* !

Une jeune femme à la chevelure rousse sortit de la maison d'à côté et cria :

— Tyler ! Qu'est-ce que tu fais ? Rentre immédiatement !

Elle lança à Bonnie un regard sévère, soupçonneux, et se fit un devoir d'attendre sur le pas de la porte pendant que le jeune garçon revenait vers la maison et traversait au petit trot le jardin de devant. Bonnie était habituée à ce genre de réaction. Personne n'avait envie d'avoir quelque chose à voir avec une mort violente, même si vous vous contentiez de nettoyer les lieux.

Elle retourna dans la maison. Esmeralda avait fini de passer l'aspirateur et commencé à laver les murs. Ils étaient faits d'un plâtre mou et absorbant, et c'était difficile de faire partir complètement les taches de sang. Il y avait également une traînée de sang en diagonale sur le fauteuil de la chambre. Bonnie versa du détachant aux enzymes sur un chiffon doux et entreprit de l'essuyer.

Elle enleva le coussin du fauteuil et le posa de côté. En dessous, elle aperçut six ou sept chrysalides brunâtres, en forme de coquillage, identiques à celles qu'elle avait vues dans la maison des Glass. Elle en prit une et l'examina à la lumière. La chrysalide était transparente, et elle distingua la forme de la larve à l'intérieur.

Dans la fente la plus profonde sur le dossier du fauteuil, elle vit quelque chose qui se tortillait. Elle tapa dessus avec son chiffon, et la chose tomba par terre. Elle se tordit et se contorsionna sur la moquette, parce que Bonnie lui avait certainement fait mal. C'était une autre chenille d'Apollon Tacheté, identique à celle qu'elle avait montrée à Howard Jacobson.

Et c'était dans cette chambre qu'une jeune femme du nom de Maria Carranza avait été assassinée. Avec un nom pareil, elle était certainement mexicaine. Un autre lien avec le Mexique.

Bonnie ramassa précautionneusement la chenille, ainsi que deux ou trois chrysalides, et les fit tomber dans un sac en plastique.

— Qu'est-ce que c'est ? demanda Esmeralda en s'arrêtant de frotter.

— Une chenille, comme celles que nous avons trouvées dans l'appartement des Goodman.

— Pourquoi veux-tu les garder ? Elles portent malheur.

— J'en ai montré une au professeur Jacobson, à l'université. Tu te souviens du professeur Jacobson ? Il a dit qu'elles venaient du Mexique.

Esmeralda se signa deux fois et recula de deux ou trois pas.

— De quoi as-tu peur ? lui demanda Bonnie.

— Elles portent malheur. Je dois les tuer ! Attends, je vais chercher l'insecticide.

— Tu sais ce que c'est, hein ? Le professeur Jacobson a dit que c'étaient des papillons, des papillons Apollon Tacheté.

— Il faut que je les tue !

— Pourquoi ?

— Elles sont malsaines, c'est tout.

— Ma foi, je ne sais pas si elles sont malsaines, mais le professeur Jacobson a dit qu'il y avait une sorte de déesse mexicaine appelée Opsapopalotle ou quelque chose comme ça, et que, lorsqu'elle n'était pas une déesse, elle se changeait en l'un de ces papillons...

— Ne prononce pas le nom ! s'écria Esmeralda en se signant frénétiquement plusieurs fois.

— Esmeralda... nous avons trouvé ces trucs sur trois scènes de crime différentes. Tu as peur, cela saute aux yeux, et je dois savoir pourquoi.

— Ne prononce pas le nom ! hurla Esmeralda. Je ne travaillerai plus pour toi ! Ne prononce pas le nom !

— Esmeralda, calme-toi, putain de merde ! Ce sont juste des chenilles, mais il doit y avoir un lien...

Esmeralda se couvrit le visage des mains et demeura silencieuse un long moment. Bonnie se tint à ses côtés et attendit qu'elle recouvre ses esprits. Elle regardait fixement la tache rectangulaire marron sur la moquette, mais à présent elle avait le sentiment qu'elle pourrait faire avec. Si elle réussissait à découvrir pourquoi David Hinsey avait tué Maria Carranza, et pourquoi Aaron Goodman avait abattu ses enfants, et pourquoi les vies de la famille Glass avaient fini dans le sang et les chiures de mouches, alors elle serait peut-être en mesure de donner un sens à sa vie et de comprendre les choses horribles qui se produisaient autour d'elle.

Finalement, Esmeralda baissa ses mains et déclara :

— Il faut que tu parles à Juan Maderas. Il te dira.

— Qui est Juan Maderas ?

— C'est un ami de mon père. Il connaît les vieilles légendes. Il sait tout sur ces papillons.

— Et comment puis-je joindre ce Juan Maderas ?

— Téléphone-moi plus tard, à quinze heures. Appelle-moi à la maison. Je vais parler à mon père et il t'arrangera un rendez-vous avec Juan Maderas.

— Et Juan Maderas... il est au courant pour Opsapopalottle ou quel que soit son nom ?

— Ne prononce pas le nom ! Ne prononce pas le nom, même pour plaisanter !

Bonnie prit Esmeralda dans ses bras et la serra contre elle.

— Excuse-moi, Es. Je n'avais pas l'intention de te faire peur. Je t'aime, tu le sais. Allons, tout ira très bien. Nous allons découvrir ce que toute cette histoire signifie, et il est probable que ce ne sont que des bêtises, mais nous serons fixées en tout cas. Allons, ma chérie, ne sois pas effrayée.

— Il faut que je tue ces choses !

— Calme-toi. Ce sont des insectes, rien de plus.

Elles restèrent enlacées un long moment. Bonnie entendait des voitures passer dans la rue, et le grondement des avions qui décollaient de l'aéroport. Les cheveux d'Esmeralda étaient raides et gras contre sa joue, elle sentait la sueur et le graillon, mais Bonnie était déterminée à la serrer dans ses bras aussi longtemps qu'Esmeralda en ressentirait le besoin.

Ralph téléphone

Elles finirent de nettoyer la maison à l'heure du déjeuner. Bonnie se rendait à la décharge municipale de Riverside lorsque Ralph l'appela sur son téléphone cellulaire.

— Bonnie ! Bon Dieu, pourquoi ne m'as-tu rien dit ?

— De quoi parles-tu ? Pourquoi ne t'ai-je rien dit à quel sujet ?

— Pourquoi ne m'as-tu pas dit ce qui s'était passé avec Phil Cafagna ?

— Je ne comprends pas. Il ne s'est rien passé avec Phil Cafagna.

— D'après lui, si ! Il a déclaré que tu lui avais fait des avances, et lorsqu'il t'a répondu qu'il était un homme marié, tu l'as traité de tous les noms. Il a annulé toutes ses commandes à cause de toi !

— Ralph, tu plaisantes ? C'est Phil Cafagna qui m'a draguée. Il m'a sorti un tas de conneries, comme quoi il voulait me libérer, et j'en passe ! Et je ne l'ai certainement pas traité de tous les noms. J'ai seulement dit que cela ne m'intéressait pas.

— Il a annulé toutes ses commandes, Bonnie. Tu ne comprends donc pas ce que cela signifie ? Pacific prend plus de soixante pour cent de notre production. Sans Pacific, nous coulons !

— Ralph, je jure devant Dieu que je dis la vérité. Il m'a draguée et il voulait que je couche avec lui. J'ai dit non, point final.

— Bordel de merde, Bonnie, il m'a fallu quinze ans pour développer cette affaire !

— Phil Cafagna a un patron, non ? Appelle-le et explique-lui ce qui s'est réellement passé.

— Le patron de Phil Cafagna est son frère aîné, Vincent. Tu penses qu'*il* va me croire ? C'est la fin, Bonnie. Je suis ruiné.

— Ecoute, retrouvons-nous quelque part, d'accord ? Je dois aller à la décharge municipale de Riverside, mais ensuite je peux me changer et je te rejoins.

— A quoi bon ?

— Nous pouvons réfléchir et voir ce que nous pouvons faire.

— C'est inutile, Bonnie. Nous ne pouvons absolument rien faire !

— Nous pouvons demander à Phil Cafagna de revenir sur sa décision.

— Je ne le pense pas. Il était furieux, Bonnie. Plus que furieux, fou de rage !

— Calme-toi, Ralph. On se retrouve quelque part et on examine la situation.

— Je regrette, Bonnie. J'ai un rendez-vous à la banque. Je t'appellerai demain.

— Ralph...

— A ton avis, qu'est-ce que je ressens ? Tu n'es pas arrivée à tes fins avec Phil Cafagna, alors tu t'es rabattue sur moi, faute de mieux. Génial ! Tu as fait des merveilles pour mon ego, crois-moi, sans parler de la confiance que j'avais dans les femmes !

— Ralph, il faut absolument que je te parle.

— Pas maintenant, Bonnie. Tu ferais mieux d'aller à ta putain de décharge municipale !

Duke avoue

Au lieu de continuer vers Riverside, elle quitta Washington Boulevard et rentra. Lorsqu'elle se gara dans l'allée, elle entendit de la musique rock tonitruante venant de l'arrière de la maison. Elle ouvrit la porte d'entrée tout en hurlant :

— Ray ? Tu m'entends ? Baisse cette satanée musique !

Elle traversa la cuisine pour aller dans le jardin. Elle aperçut Ray allongé dans l'une des chaises longues, écoutant un solo de guitare électrique, les yeux fermés. A côté de lui, lisant le journal et se curant le nez, il y avait Duke, torse nu, un pack de six bières posé par terre près de sa chaise longue.

Bonnie fit coulisser la porte-fenêtre et sortit. Elle avait franchi la moitié du patio lorsque Duke leva les yeux. Il se crispa, son index toujours à moitié enfoncé dans son nez.

— Qu'est-ce que tu fais ici? demanda vivement Bonnie. Je croyais que tu commençais à travailler aujourd'hui.

— Ils... euh... ils ont dit qu'ils n'avaient pas besoin de moi aujourd'hui. Trop de personnel. Ils ont dit que je pouvais rentrer chez moi.

— Ils ont dit qu'ils n'avaient pas *besoin* de toi, pour ton premier jour ?

— C'est exact... cela arrive parfois. Les affaires ne marchent pas fort. Ils n'ont pas besoin de beaucoup de personnes pour s'occuper du bar.

— Nous sommes au beau milieu de la saison touristique et nous parlons du Century Plaza Hotel et les affaires ne marchent pas fort et c'est ton premier jour?

Duke la regarda fixement. Manifestement, il ne savait pas quoi dire. Sur la chaise longue voisine, Ray venait brusquement de se rendre compte qu'elle était là, et il ouvrit les yeux.

— Duke, dit Bonnie, je vois deux possibilités en ce moment. La première, c'est que tu me dis la vérité, auquel cas je vais appeler ton patron au Century Plaza et lui demander quelques éclaircissements. La seconde, c'est que tu mens, ce qui m'épargnerait la peine de téléphoner.

Duke lança un regard à Ray, mais celui-ci se contenta de hausser les épaules. Finalement, il regarda Bonnie à nouveau et dit :

— Epargne-toi cette peine.

— Bon, tu mens. A présent, je vois deux autres possibilités. La première, c'est que tu n'es pas allé travailler et que tu n'as même pas prévenu ton patron, auquel cas je vais l'appeler et lui dire que tu es souffrant. La seconde, c'est que tu n'as pas de boulot du tout au Century Plaza... que tu n'as jamais fait ne serait-ce que le plus petit effort pour en trouver un... auquel cas je n'ai absolument pas besoin de passer ce coup de fil. Ce qui m'épargnerait encore *plus* de peine.

Duke réfléchit pendant presque trente secondes. Puis il dit :

— Ouais.

— Ouais quoi, Duke?

— Ouais, épargne-toi encore plus de peine.

Elle téléphona à Esmeralda peu après quinze heures.

— Tout est arrangé, lui dit Esmeralda. Viens chez nous ce soir, à huit heures.

— Entendu, je viendrai.

— Tu as une drôle de voix. Tout va bien ?

Bonnie se tourna pour regarder Duke et Ray, toujours vautrés dans leurs chaises longues au-dehors, et répondit :

— Bien sûr. Ne t'en fais pas pour moi. A ce soir.

L'initié

Esmeralda habitait dans un immeuble de sept étages sur la Seizième Rue, situé à seulement un bloc de l'autoroute de Santa Monica. C'était un bâtiment de brique marron qui se dressait entre deux chantiers de démolition jonchés de gravats. Devant, des enfants jouaient dans une Mercury Marquis délabrée qui n'avait plus de vitres.

Quatre minutes avant vingt heures, Bonnie gara la Buick de Duke à côté de la Mercury et descendit. Elle vérifia son rouge à lèvres et arrangea avec ses doigts ses cheveux enduits de laque. Ici, le vacarme de la circulation était épouvantable, et une odeur âcre de gaz d'échappement flottait dans l'air et piquait les yeux. Elle gravit les marches du perron jusqu'à la porte d'entrée, qui était déjà à moitié ouverte. La porte avait été fraîchement repeinte en marron pourpré, et Bonnie constata que le linoléum vert du hall avait été impeccablement encaustiqué. Elle appuya sur le bouton de l'interphone pour l'appartement quatre, et une voix d'homme demanda :

— *Quien ?*

— C'est Bonnie Winter. Je viens voir Esmeralda.

— *Si.* Esmeralda est là. Montez.

Elle entra dans le hall et se dirigea vers l'ascenseur. La porte de l'un des appartements était ouverte, et elle aperçut une jeune femme debout devant un miroir qui fixait des peignes dans sa chevelure. Un téléviseur diffusait une émission de variétés en langue espagnole, et la jeune femme souriait toute seule.

Bonnie monta jusqu'au quatrième étage. L'ascenseur était lent, la cabine, exiguë, empestait le Lysol, mais quelqu'un avait tenté de la rendre plus gaie en collant des cartes postales du Mexique sur les parois et en les vernissant.

Esmeralda l'attendait dans le couloir. Elle portait une robe en satin rouge foncé que Bonnie ne connaissait pas, et elle avait mis un ruban de la même couleur dans ses cheveux.

— Juan est arrivé, lui dit-elle à voix basse.

Elle fit entrer Bonnie dans un petit séjour rempli de meubles massifs des années cinquante — un canapé brun chocolat avec des têtières de dentelle blanche sur le dossier, deux fauteuils brun chocolat et leurs coussins brodés, une table ronde recouverte d'une nappe à franges en velours de coton marron. Dans un coin de la pièce, une vitrine débordait de bibelots et de figurines en porcelaine, et la cheminée ressemblait à l'autel d'une cathédrale catholique — une statuette en plâtre de la Vierge Marie, des cierges, des chapelets et des grottes en plastique lumineuses.

Le père d'Esmeralda, que Bonnie avait eu l'occasion de rencontrer plusieurs fois, était assis dans l'un des fauteuils. C'était un homme timide aux cheveux gris frisés et à la grosse moustache tout aussi grise. Sa chemise était d'une blancheur éclatante. Dans l'autre fauteuil était assis un homme très maigre, presque décharné, âgé de quarante-cinq ans environ, aux joues grêlées, aux yeux noirs sous des paupières prononcées. Il était bel homme, d'une façon ravagée. Ses cheveux noirs étaient ramenés en arrière et gominés, ses favoris soigneusement taillés. Il portait une chemise noire avec une cravate avec une boucle en argent et un costume noir, veste cintrée et très larges revers.

— Bonnie, je te présente Juan Maderas.

Juan se leva et prit les deux mains de Bonnie. Il était très grand, au moins deux mètres, et son eau de toilette fleurie prit Bonnie au dépourvu en lui rappelant soudain les camélias que l'on avait placés sur le cercueil de son père.

— Esmeralda m'a parlé de vous, dit-il d'une voix grave et rauque. Apparemment, vous êtes quelqu'un de très spécial. Pour le travail que vous faites, il faut quelqu'un de très spécial.

— Je fais de mon mieux, c'est tout, répondit Bonnie. Je vous remercie d'avoir accepté de me voir.

— Non, non, ne me remerciez pas. J'ai été très intéressé lorsque Esmeralda m'a dit pour les papillons. Extrêmement intéressé.

— Je n'avais encore jamais vu de papillons de ce genre, et pourtant j'ai vu à peu près toutes les bestioles rampantes que l'on peut trouver sur cette terre. Dans ma partie, vous devenez rapidement un expert amateur en insectes !

— Asseyez-vous, je vous en prie, intervint le père d'Esmeralda. Esmeralda, apporte une bouteille de vin.

— Quand je conduis, je ne bois pas d'alcool, merci, dit Bonnie.

— Un Coca-Cola, alors ?

— Je surveille ma ligne. Un verre d'eau serait parfait.

Elle s'assit sur le canapé à côté du père d'Esmeralda. Juan Maderas s'assit également et croisa ses longs doigts. Il portait au majeur de la main droite une bague en argent ornée d'un crâne.

— Esmeralda m'a dit que vous aviez montré les papillons à un professeur à UCLA.

— En effet. Howard Jacobson, c'est le meilleur. Il a écrit une quantité d'ouvrages sur les insectes et la médecine légale. Souvent, c'est la seule façon de déterminer depuis combien de temps quelqu'un est mort, grâce au cycle de vie des mouches qui infestent le corps de cette personne, en tenant compte de la température ambiante et d'autres facteurs. Les corps se décomposent extrêmement vite lorsqu'il y a une vague de chaleur, vous ne pouvez pas savoir !

— Et ce professeur Jacobson était certain que le papillon était l'Apollon Tacheté ?

— C'est exact. Il m'a également parlé de la légende. Cette déesse maléfique dont je n'arrive pas à prononcer le nom correctement.

— Itzpapalotl, dit Juan Maderas. Ce nom signifie « papillon d'obsidienne ». C'est parce qu'elle avait de très grandes ailes de papillon pointant de ses épaules, dont les bords étaient garnis de couteaux en obsidienne très dure.

— C'est ce que Howard m'a dit. Il a dit qu'elle avait également un couteau à la place de la langue.

— C'est exact. Itzpapalotl a été chassée du paradis, ainsi que les Tzitzimime, qui sont tombés du ciel sous les formes les plus diverses, par exemple des scorpions, des crapauds, ou même des phasmes. Nous les appelons les « créatures mortelles ». Il y avait un Tzitzimime qui prenait la forme d'un crâne d'âne, et il apparaissait la nuit à un croisement de routes. Si on le voyait, il vous suivait jusque chez vous en poussant des cris horribles.

Juan Maderas but une gorgée de vin, puis il poursuivit :

— Itzpapalotl portait parfois un manteau qui la rendait invisible. D'autres fois, elle s'habillait comme une dame de la cour mexicaine, s'enduisait le visage de poudre de riz et garnissait ses joues de lamelles de caoutchouc. Ses doigts s'effilaient et formaient des griffes de jaguar, ses orteils des serres d'aigle.

« Lors de certains jours du calendrier aztèque, elle revêtait la forme d'un papillon et volait à travers les villes et les villages, accompagnée de dizaines de sorcières mortes, également changées en papillons. Elles entraient dans les maisons et se posaient sur les oreilles des gens, leur chuchotaient des paroles mauvaises, les persuadaient d'assassiner leurs épouses et leurs enfants. Itzpapalotl voulait encore plus d'esprits à Mictlampa avec elle, encore plus de papillons, et les esprits les plus loyaux étaient ceux qui avaient aimé tendrement leurs familles mais qui s'étaient jetés sur elles et les avaient massacrées.

— C'est bien ça, acquiesça Bonnie. Ils tuaient les personnes qu'ils aimaient le plus. C'est exactement ce qui s'est passé dans les trois affaires où j'ai découvert ces papillons.

Juan Maderas considéra Bonnie, et ses yeux noirs aux paupières prononcées brillèrent comme des scarabées.

— Vous croyez vraiment, au vingt et unième siècle, que ces personnes ont été assassinées par un ancien démon aztèque ?

— Je ne sais pas. Cela semble dingue, non ? Cela semble vraiment dingue. Mais aucune de ces personnes ne semblait avoir un quelconque motif... pas pour tuer leurs enfants, en tout cas. Des parents se déchiraient à propos de la garde des enfants, une famille était droguée jusqu'aux yeux, mais la troisième famille... Tout le monde a dit que le père était un père tellement affectueux, et pourtant il a abattu ses trois gosses apparemment sans la moindre raison.

— Parfois les gens se comportent de la sorte. Vous devriez le savoir mieux que quiconque. Cela ne signifie pas qu'ils ont été incités par Itzpapalotl à commettre ces actes.

— Mais les seuls éléments en commun entre ces trois scènes de crime étaient les papillons et une sorte de lien avec le Mexique. Normalement, je suppose que le lien avec le Mexique ne signifierait pas grand-chose, mais Howard a dit qu'on ne trouvait jamais le papillon Apollon Tacheté ici en Californie. Jamais.

Juan Maderas demeura silencieux un long moment. Il but une gorgée de vin à nouveau, puis il sortit de sa poche un mouchoir en soie noire pour s'essuyer les lèvres.

— Je ne sais pas quoi vous dire. Encore aujourd'hui, beaucoup de gens croient à Itzpapalotl et à Micantecutli, le puissant seigneur de l'enfer, et aux Tzitzimime. Dans ma jeunesse, j'ai vu des vieillards, des amis de mon père, qui se faisaient saigner le nez et les oreilles et laissaient tomber le sang sur des phasmes afin de chasser les mauvais esprits qui, croyaient-ils, se cachaient en eux. Mais aujourd'hui, je ne sais plus très bien.

— Que faisaient les gens pour chasser Itzpapalotl ?

— Habituellement, ils immolaient des gens, ils leur arrachaient le cœur et ils chantaient un chant flatteur à l'intention d'Itzpapalotl, l'appelant leur mère et leur protectrice.

— Et ça marchait ?

— D'après les idéogrammes, oui. Les prêtres aztèques consignaient dans le moindre détail tout ce qu'ils faisaient, chaque sacrifice qu'ils pratiquaient.

Bonnie réfléchit un moment. Puis elle dit :

— Je suis une femme de bon sens, monsieur Maderas. J'ai vu un grand nombre de cadavres, et je ne crois pas aux fantômes. Mais il se passe quelque chose en ce moment, quelque chose de très étrange, et il y a nécessairement une raison.

— Ma foi... c'est fort possible. Les Mexicains sont victimes de beaucoup d'injustices à Los Angeles, et ils sont en butte à bon nombre de préjugés. Itzpapalotl est peut-être revenue de l'enfer pour entreprendre une sorte de croisade en leur faveur.

Le père d'Esmeralda s'éclaircit brusquement la gorge et déclara :

— Lorsque j'étais un jeune garçon, l'homme qui tenait l'épicerie locale a insulté ma mère. On a retrouvé son corps dans Griffith Park, sa langue avait été tranchée. C'est ainsi que Xipe Totec, le buveur de la nuit, avait coutume de tuer ses victimes... Il leur tranchait la langue afin qu'elles se vident de leur sang, et il le buvait.

— On n'a jamais découvert qui l'avait tué ?

— Comment l'aurait-on pu ? C'était Xipe Totec.

Bonnie resta un petit moment encore, mais elle était très troublée. Elle ne parvenait pas à décider si Juan Maderas croyait vraiment à Itzpapalotl, ou s'il se prêtait à ses caprices. Sa voix était sèche, monotone et prosaïque, comme s'ils parlaient du prix des cierges, et pourtant il y avait également quelque chose de rusé chez lui. De temps en temps, le père d'Esmeralda lançait des remarques bizarres, comme « On ne doit pas dormir en enfer »... « On doit rester éveillé afin d'endurer son châtiment »... « C'est ce qu'on dit »...

Lorsque Bonnie s'en alla, elle se sentait déconcertée et déprimée. Elle songea à appeler Ralph chez lui, puis elle se dit que cela ne servirait qu'à le rendre encore plus furieux contre elle qu'il ne l'était déjà. Elle s'était sentie tellement euphorique après avoir passé la nuit avec lui à Pasadena, surtout après son humiliation à la party de Kyle Lennox. Elle avait vraiment eu le sentiment que sa vie était sur le point de changer. Elle avait refusé d'envisager la possibilité de quitter Duke pour aller vivre avec Ralph, mais il s'en était fallu d'un rien.

Elle passa *Evergreen* sur la stéréo de la voiture tandis qu'elle rentrait à la maison. Elle chantonnait en même temps. Brusquement, des larmes jaillirent de ses yeux, coulèrent sur ses joues et tombèrent goutte à goutte sur son jean délavé tout neuf. Elle ne supportait pas l'idée que Ralph ne lui ferait peut-être plus jamais l'amour.

Devant elle, les feux de croisement dansaient, rouges, flous et lumineux, semblables aux lampions d'une fête mexicaine.

Un silence inhabituel

Lorsque Bonnie ouvrit les yeux le lendemain matin, la première chose qui la frappa fut le silence. Elle resta allongée, à contempler le plafond. Il y avait une lézarde dans le plâtre qui la faisait toujours penser à une sorcière au nez et au menton pointus. Le soleil frissonna sur ce visage, donnant l'impression qu'elle faisait un clin d'œil. Au bout d'un moment, Bonnie se mit sur son séant et regarda le réveil. Il était huit heures vingt-trois.

Elle se redressa, horrifiée. Duke allait être en retard à son travail, Ray allait être en retard à ses cours, et elle allait être en retard à...

Puis elle réalisa brusquement. Aucun d'eux ne serait en retard à quoi que ce soit. Duke n'avait pas de travail, Ray n'allait pas au lycée, et elle ne devait pas aller travailler, non plus... à moins que Ralph n'ait changé d'avis au sujet de Phil Cafagna.

Elle poussa les draps tire-bouchonnés à côté d'elle.

— Duke... il est bientôt huit heures et demie. Tu veux un café ?

Il ne répondit pas. A vrai dire, elle ne s'attendait pas à ce qu'il le fasse. Un 747 aurait pu se crasher juste devant la maison, cela ne l'aurait probablement pas réveillé. Elle lui donna une nouvelle bourrade.

— Tu veux un café ? Ce matin, je ne te prépare pas de petit déjeuner. Je n'ai pas envie que tu m'accuses de t'assassiner.

Il ne répondait toujours pas. Exaspérée, elle dit :

— Bouge-toi, Duke, tu ne restes pas au lit toute la journée, d'accord ? Tu vas sortir pour te trouver du boulot.

Elle saisit les draps et les tira pour découvrir Duke. Excepté qu'il n'était pas là. La forme qu'elle avait prise pour Duke était tout simplement les oreillers supplémentaires qu'elle avait probablement poussés sur le côté au cours de la nuit en raison de la chaleur.

Elle fronça les sourcils, puis elle se leva et s'avança à pas feutrés sur la moquette en nylon bleu clair.

— Duke ? appela-t-elle en ouvrant la porte de la salle de bains.

Pas de Duke et — pour la première fois de toute l'histoire du couple Winter — la lunette des W. C. était abaissée.

Elle alla dans le séjour. Parfois, Duke était tellement ivre qu'il s'endormait sur le canapé devant la télévision. Mais la télévision était éteinte, personne ne dormait sur le canapé, et tous les coussins étaient parfaitement disposés. C'était très étrange.

— *Duke ?*

Mais cette fois elle parla si doucement qu'il aurait été incapable de l'entendre.

Il n'était pas dans la cuisine. Elle prit même la peine de regarder dans le garde-manger. Il n'était pas dans le jardin, non plus, et — Dieu merci ! — son corps ne flottait pas au milieu de la piscine. Elle s'aperçut, fronçant les sourcils, dans le miroir au cadre doré du couloir tandis qu'elle faisait demi-tour pour aller voir s'il n'avait pas passé la nuit dans la chambre de Ray — même si elle était incapable de deviner pour quelle raison il aurait fait ça.

Duke appelait toujours la chambre de Ray « le Pétodrome ». Elle l'entendait presque. « Les gosses, aujourd'hui, tu sais pourquoi ils pètent autant ? C'est à cause de la nourriture. Tous ces putains de légumes verts. Comment peuvent-ils appeler ça une nourriture saine alors qu'elle vous asphyxie quasiment ? »

Elle frappa à la porte de Ray et appela :

— Ray ? Est-ce que ton père est avec toi ?

Il n'y eut pas de réponse. Elle frappa à nouveau, poussa la porte et jeta un coup d'œil dans la chambre. Il n'y avait pas de Duke allongé sur la moquette, mais il n'y avait pas non plus de Ray couché dans le lit. Le lit n'était pas défait, et les rideaux n'étaient même pas tirés.

A présent, Bonnie commençait à être très inquiète. Elle se rappelait s'être couchée seule, la veille au soir. Elle se souvenait qu'elle avait pris une longue douche, enfilé sa chemise de nuit, et qu'elle s'était mise au lit. Elle se souvenait qu'elle s'était demandé dans combien de temps Duke se déciderait à venir se coucher, parce que, lorsqu'il entrait dans la chambre, il la réveillait presque à chaque fois, tandis qu'il jurait, rotait, titubait et se cognait contre les meubles. Mais c'était tout. Elle ne se rappelait pas avoir embrassé Ray et lui avoir souhaité une bonne nuit, comme elle le faisait habituellement.

Elle alla jusqu'à la porte d'entrée. La porte était fermée à clé et verrouillée de l'intérieur, et la chaîne de sécurité était mise. La porte de derrière donnant sur le jardin était également verrouillée. Aucune des fenêtres n'était ouverte, et toutes étaient verrouillées. Par conséquent, Duke et Ray étaient probablement sortis de la maison avant qu'elle ne se mette au lit, et elle avait probablement tout fermé à double tour alors qu'ils n'étaient pas rentrés. Pourtant elle ne se rappelait pas l'avoir fait, et elle ne voyait pas pour quelle raison Duke et Ray seraient sortis. Duke n'avait quasiment pas d'argent, donc il était douteux qu'ils aient pris une chambre d'hôtel, et Duke n'avait quasiment pas d'amis. Ils avaient peut-être passé la nuit chez l'un des copains de Ray.

Mais pourquoi ? Elle se souvenait qu'elle s'était disputée avec Duke parce que celui-ci lui avait menti en affirmant avoir trouvé du travail. Elle se souvenait que Ray avait dit quelque chose à propos de la main-d'œuvre mexicaine bon marché qui ruinait leurs vies, et de dealers mexicains qui avaient tué l'un de ses amis. Mais c'était en début d'après-midi. Elle était absolument incapable de se rappeler ce qui s'était passé ensuite.

Ah, si. Elle avait téléphoné à Esmeralda à quinze heures, puis, en fin d'après-midi, elle avait pris une douche, s'était changée, et était allée la voir, dans la Seizième Rue. Elle avait parlé à Juan Maderas. Ensuite elle était rentrée. Mais est-ce que Duke et Ray étaient à la maison lorsqu'elle était revenue ? Ils n'avaient pu aller bien loin, parce qu'elle avait pris la voiture de Duke — laquelle était toujours garée dans l'allée à côté de son camion.

Elle avait l'impression d'être allée à une soirée très arrosée la veille au soir et d'être absolument incapable de reconstituer les faits.

Elle retourna dans la cuisine et se versa un verre de jus d'orange. Lorsqu'elle l'eut terminé, elle en but encore à même le carton. Il n'y avait aucun signe d'une bagarre sérieuse. Rien n'était cassé, pour autant qu'elle pouvait le voir. En fait, la maison était impeccable. On avait même passé l'aspirateur dans toutes les pièces, et les moquettes avaient été soigneusement brossées.

Elle alla de nouveau dans la chambre de Ray et trouva son répertoire Bart Simpson. La plupart des pages étaient couvertes de gribouillis, de petits dessins et de points d'exclamation, mais elle réussit à trouver le numéro de téléphone de son meilleur ami, Kendal.

— Madame Rakusen ? Ici Bonnie Winter. Excusez-moi de vous déranger, mais je voulais savoir si vous aviez vu Ray... Non ? Il ne vous a pas demandé de dormir chez vous la nuit dernière ?... Je vois. Euh, pourriez-vous interroger Kendal ?... Entendu. Euh, si jamais vous avez de ses nouvelles, pourriez-vous lui demander d'appeler sa mère ? Il n'est pas rentré à la maison hier soir, et je suis quelque peu inquiète à son sujet... Bien sûr, oui, après cette dernière histoire. Merci infiniment.

Elle téléphona à deux autres amis de Ray dont elle se souvenait, et à une fille avec qui il sortait, une certaine Cherry-Jo. Aucun d'eux n'avait vu Ray ou n'avait eu de ses nouvelles.

Elle s'assit dans le séjour, se mordillant la lèvre et se demandant ce qu'elle devait faire. Elle fit à nouveau le tour de la maison. Elle se mit même à quatre pattes pour regarder sous les lits.

Finalement, elle téléphona à Ruth.

— Ruth... il s'est passé quelque chose de très bizarre.

— Ne me dis pas que Duke et toi avez fait... enfin, tu sais...

— Je n'ai pas envie de plaisanter, Ruth. Duke et Ray ont disparu.

— Hé, félicitations ! Comment as-tu réussi ton coup ?

— Ils sont partis, Ruth, et je ne sais pas comment et je ne sais pas où.

— Dis donc, tu parles sérieusement, n'est-ce pas ? Comment ça, ils ont disparu ?

Bonnie lui raconta sa dispute avec Duke, puis elle lui dit pour les lits vides, la lunette des W.C. abaissée, toutes les portes verrouillées de l'intérieur.

— Ils sont forcément partis, mais je ne me rappelle pas les avoir vus partir. C'est comme un blanc total. C'est comme s'ils n'avaient jamais existé !

— Oh, voyons, Bonnie ! fit Ruth d'un ton péremptoire. A mon avis, ils te font une blague parfaitement stupide.

Duke est le genre de type qui ne supporte pas qu'une femme lui dise ce qu'il doit faire, particulièrement lorsqu'elle lui dit de se bouger le cul et de se chercher du boulot. Ils rappliqueront, crois-moi, lorsque leur estomac commencera à rouspéter !

Bonnie s'apprêtait à parler à Ruth de sa visite chez Esmeralda, de Juan Maderas et d'Itzpapalotl, puis elle décida de n'en rien faire. Elle n'avait pas envie que Ruth pense qu'elle avait complètement disjoncté.

Bonnie téléphone à Ralph

— Ralph, tu dois absolument me croire... *crachotements*... que je n'ai pas aguiché Phil Cafagna.

La communication était très mauvaise et il y avait un bruit de friture.

— Ne t'en fais pas pour ça. C'est oublié.

— Mais je ne veux pas que ce soit oublié. Ce qui s'est passé entre nous était tout à fait... *crachotements*...

— Je sais. Je ne dis pas le contraire. Mais Glamorex est en train de s'effondrer, Bonnie, et je n'ai pas le temps de penser à quoi que ce soit, excepté comment sauver les meubles.

— Ralph, Duke m'a quittée.

— Quoi ?

— Il m'a quittée. J'ignore où il est parti, mais il a également emmené Ray.

— Je suis désolé, Bonnie, mais le fait que Duke t'ait quittée ne change absolument rien. Cela ne changerait absolument rien si Vanessa tombait raide morte. Il y a des moments où tout va bien et il y a des moments où tout va mal. Appelle ça le destin. Appelle ça comme tu voudras.

— Ralph, écoute-moi, je t'en prie. Ce que tu m'as donné... tu m'as montré ce qu'un homme pouvait... *cra-*

chotements... pour moi. Je n'avais encore jamais éprouvé cela. Jamais. Et ne me dis pas que tu n'as pas aimé ce que j'ai fait pour toi.

Il s'ensuivit un silence tellement long que Bonnie sentit son cœur battre vingt fois. Puis Ralph dit :

— Je t'aime, Bonnie. Je suis désolé si je te fais souffrir. Je souffre, moi aussi. Mais nous devons tous deux accepter le fait que ce qui s'est passé était juste l'une de ces opportunités ratées, d'accord ?

— Non, Ralph ! Ecoute, Ralph...

Puis elle s'interrompit parce qu'elle venait de comprendre que c'était inutile, que cela ne servirait à rien d'insister. Elle ne coupa pas la communication. Elle abaissa lentement son téléphone cellulaire et se tint immobile sur le trottoir en face de l'immeuble Glamorex, les yeux levés vers le bureau de Ralph, où elle l'apercevait près de la fenêtre. Au bout d'un moment, il reposa le combiné sur son socle. Puis il resta là, les bras croisés et la tête penchée, comme quelqu'un qui ressent une atroce douleur dans la poitrine.

Papillon

Lorsqu'elle revint à la maison, elle téléphona à d'autres amis de Ray, mais aucun d'eux ne l'avait vu. Elle appela même la mère de Duke, qui vivait dans une maison de retraite à Anaheim. La vieille Mme Winter se contenta de marmonner, de tousser et de demander à Bonnie à plusieurs reprises de lui rappeler qui elle était.

— Bonnie qui ? Duke ? Qui est à l'appareil ?

Elle appela également sa mère, laquelle produisit le bruit le plus proche d'un haussement d'épaules que Bonnie ait jamais entendu.

— *Bah !* les hommes sont comme ça. Ils te plaquent au moment où tu t'y attends le moins. De toute façon, je n'ai jamais compris ce que tu lui trouvais.

Elle fouilla la maison, à la recherche du moindre indice qui pourrait lui expliquer ce qui avait bien pu se passer. Elle trouva derrière le chauffe-eau un numéro de *Hustler*, tout gondolé par l'humidité. Elle trouva un couteau à cran d'arrêt sous le pyjama de Ray, et un tortillon de feuille d'aluminium contenant une quantité infime de marijuana. Mais rien qui expliquerait comment et pourquoi ils avaient disparu de la sorte.

Ruth téléphona.

— Toujours aucun signe des fugueurs ?

— Rien. Je ne comprends pas ce qui leur est arrivé.

— Ils n'avaient rien dit avant de partir ?

— Je ne me souviens pas de les avoir vus partir.

— Allons, c'était hier ! Comment peux-tu ne pas t'en souvenir ?

— Je ne peux pas, c'est tout. Nous nous sommes disputés. Ils sont peut-être sortis furax.

— Tu sais ce qu'il te faut ? Il te faut un break. Et si tu venais chez moi ? On s'enverra quelques verres et on se mettra du vernis à ongles.

— Ruth, je suis très inquiète.

Alors qu'elle parlait à Ruth, elle aperçut du coin de l'œil un mouvement sur la plante d'appartement posée sur la tablette de la fenêtre. Un mouvement très lent, une ondulation, comme une chenille.

— Attends un instant, Ruth. Ne quitte pas.

Elle posa avec douceur le combiné et alla jusqu'à la fenêtre. Avec le bout du stylo-bille qu'elle tenait dans sa main, elle souleva précautionneusement les feuilles de la plante, une par une. Et là, sous la troisième feuille, il y avait la larve tachetée de noir d'un *Parnassius mnemonsyne*, le papillon appelé Apollon Tacheté, ou Itzpapalotl.

Bonnie regarda fixement la chenille, et elle ne savait pas quoi faire. Sur la table basse derrière elle, elle entendait Ruth dire d'une voix minuscule :

— *Allô ? Allô ? Bonnie... tu es là ? Que se passe-t-il ?*

Elle laissa retomber la feuille et revint vers le téléphone.

— Ruth... je commence à croire qu'il a dû se produire quelque chose d'épouvantable.

— Allons, Bonnie... tu connais Duke. Il va rentrer d'un instant à l'autre.

— Je crois qu'il faut que je parle à Dan Munoz. Je pense vraiment qu'il s'est produit quelque chose d'épouvantable.

Dan arriva une heure et demie plus tard. Il portait un blazer crème avec des boutons dorés et une chemise en soie noire.

— Bonjour, Bonnie. Comment allez-vous ?

Elle le fit entrer dans le séjour.

— Vous voulez une tasse de café ou autre chose ?

— Non, merci. En principe, je devrais être à La Brea depuis déjà un quart d'heure. Un gosse a poignardé son meilleur ami en plein cœur avec le bout pointu d'un parasol de plage.

— Je ne devrais pas vous embêter de la sorte, mais je suis très inquiète.

— Hé, tout va bien ! A quoi servent les amis ?

Elle lui tendit un petit bocal fermé par un couvercle à vis.

— J'ai trouvé ça sur cette plante grasse là-bas.

Dan leva le bocal et l'examina, ses yeux grossis par le verre.

— Une sale petite bestiole, non ?

— C'est la même espèce de papillon dont je vous avais parlé.

— Vraiment ? Et ?

— Et Duke et Ray ont disparu tous les deux, et je pense qu'il s'est produit quelque chose d'affreux.

Dan parcourut le séjour du regard.

— Quelque chose d'affreux comme... quoi ?

— Eh bien, supposons que cette chose *soit* une sorte de déesse mexicaine maléfique... supposons qu'elle ressemble à un papillon le jour, mais que, lorsqu'il commence à faire nuit, elle se change en cet insecte monstrueux avec des couteaux sur ses ailes ?

Dan la dévisagea et se frotta le menton d'un air pensif.

— Okay, d'accord. Supposons que ce soit le cas. Et alors ?

— Elle les a peut-être tués... et ensuite elle les aura emmenés.

— Si elle les a tués, où est le sang ? Elle a des couteaux sur ses ailes, exact ? Et un couteau en guise de langue ? Il devrait y avoir du Ketchup partout. Mais cette maison est absolument nickel !

— Elle les a peut-être emmenés, sans les tuer...

— Aucun signe de lutte ? Et vous n'avez rien remarqué ? Allons, Bonnie !

— Je ne sais pas. Apparemment, je ne me souviens de rien. C'est comme si un gros morceau d'hier avait disparu.

— Vous étiez exténuée, probablement. Cela m'arrive également, des trous de mémoire quand je suis fatigué. J'ai même des trous de mémoire quand je ne suis pas fatigué ! La meilleure chose à faire, c'est de reconstituer tout ce que vous avez fait hier, vous savez, pas à pas, dans l'ordre chronologique.

— J'ai essayé, mais je ne me souviens toujours pas.

— Qu'avez-vous fait ? Vous avez nettoyé la maison de George Keighley toute la matinée... A quelle heure avez-vous terminé là-bas ?

— Midi, midi un quart, dans ces eaux-là.

— Et ensuite ? Vous avez emporté les matelas à la décharge municipale de Riverside ?

— Oui. Ensuite je suis rentrée à la maison, et Ray était là, mais Duke était là, lui aussi. Le problème, c'est que Duke était censé travailler. Il m'avait dit qu'il avait trouvé du boulot au Century Plaza, mais c'était un mensonge. Nous nous sommes disputés à ce sujet.

— C'est à ce moment qu'il a pris ses cliques et ses claques, furax ?

— Non... J'ai téléphoné à Esmeralda vers trois heures,

et je me souviens d'avoir regardé au-dehors pendant que je téléphonais, et ils étaient tous les deux dans le jardin, vautrés sur leurs chaises longues. J'ai pris une douche, je me suis changée et, vers sept heures un quart, je suis allée dans le centre-ville pour voir Esmeralda, son père, et ce type, Juan Maderas, qui est très calé sur la mythologie mexicaine et tout le reste.

— Ensuite vous êtes rentrée ?

— C'est exact.

— Quelle heure était-il, lorsque vous êtes revenue ici ?

— Je n'en sais rien. Pas très tard. Peut-être neuf heures et demie.

— Est-ce que Duke et Ray étaient toujours là lorsque vous êtes revenue ?

Bonnie fronça les sourcils. Elle se souvenait d'avoir garé la Buick. Elle se rappelait avoir ouvert la porte d'entrée. Ensuite elle se souvenait seulement de s'être couchée et d'avoir dit : « Bonne nuit, Duke. Dors bien. A demain matin, si les petits cochons ne te mangent pas ! » Puisqu'elle lui avait parlé, il était *forcément* là.

— Duke était là, dit-elle, hochant lentement la tête au début puis plus vigoureusement. Duke était là, sans aucun doute. Il avait probablement bu trop de bières et s'était couché de bonne heure.

— Et Ray ?

Elle avait frappé à la porte de la chambre de Ray et crié : « Bonne nuit, Ray... et n'écoute pas ton baladeur toute la nuit ! » Par conséquent, Ray était là, lui aussi.

— Oui... Ray était là.

Dan fit une grimace.

— Vous savez ce que cela nous laisse comme hypothèse, hein ? A un moment ou à un autre au cours de la nuit, Duke et Ray se sont levés de leurs lits et ont filé par la porte d'entrée, la verrouillant miraculeusement de l'intérieur et mettant la chaîne de sûreté après être sortis !

— C'est pour cette raison que je pense qu'il s'est produit quelque chose d'affreux.

— J'espère que vous réalisez que vous envisagez un truc surnaturel en ce moment. Vous savez, comme dans *X-Files*. Vous ne croyez pas vraiment à ça, hein ?

— Je n'en sais rien. Interrogez Howard Jacobson. Interrogez cet homme, Juan Maderas. Interrogez le père d'Esmeralda. *Ils* semblent tous penser que cette déesse-insecte existe vraiment.

Dan sortit de sa poche son calepin et l'ouvrit d'une chiquenaude.

— Je vais vous dire ce que je vais faire, Bonnie. Lorsqu'ils auront terminé à La Brea, je demanderai à deux gars du labo de faire un crochet et de venir jeter un coup d'œil ici. Enfin, si vous êtes d'accord.

— Avec plaisir, s'ils sont en mesure de découvrir ce qui est arrivé à Duke et à Ray.

— Ecoutez, je ne vous promets absolument rien, mais on ne sait jamais ! Entre-temps, vous devriez continuer de téléphoner un peu partout. Appelez les bars où Duke aurait pu aller. Demandez à ses amis s'ils l'ont vu.

— Duke n'a pas d'amis.

La vie sans Duke

Les quatre jours suivants passèrent comme un film muet. Chaque matin, elle se réveillait et la maison était silencieuse. Elle s'asseyait à la table de la cuisine et mangeait un yaourt tout en regardant la télévision, le son coupé. Ensuite elle restait dans le séjour et regardait par la fenêtre, s'attendant à voir d'une minute à l'autre Duke et Ray traverser la rue en riant et en lui faisant de grands gestes de la main. Mais cela ne se produisit jamais.

L'après-midi, lorsque le soleil tournait autour de la maison, elle sortait dans le jardin et feuilletait des magazines, mais elle attendait toujours que le téléphone sonne. Lorsque la sonnerie retentissait, elle sursautait immanquablement et avait un goût salé dans la bouche.

Le cinquième jour, elle venait de terminer son yaourt quand le lieutenant Munoz l'appela.

— Ecoutez, ma belle, il y a un travail de nettoyage dans Benedict Canyon qui pourrait vous intéresser. Vous voulez me rejoindre là-bas... vers les dix heures, ça vous va ?

— Je ne sais pas, Dan.

— Ce boulot a besoin de votre toucher délicat, Bonnie. Je suis sûr que Ken Kessler pourrait s'en charger aussi bien que vous, techniquement. Il sera d'accord pour s'en charger si vous n'êtes pas intéressée. Mais... vous verrez ce que je veux dire quand vous serez ici.

— Bon, entendu... Je suppose que cela ne me vaut rien de rester à la maison à broyer du noir...

— Ah, je retrouve ma Bonnie ! A tout à l'heure, d'accord ?

Elle n'avait jamais vu autant de sang de toute sa vie. Cela semblait presque impossible qu'un être humain puisse en contenir autant, encore moins qu'il ait réussi à se traîner dans toute une maison, de pièce en pièce, en saignant aussi abondamment.

La maison était située au bas d'une pente raide dans le secteur est de Benedict Canyon — une élégante demeure de plain-pied, avec des murs peints en blanc et des bougainvillées recouvrant le porche. A l'intérieur, tout était blanc et la climatisation réglée sur le maximum, à tel point qu'on avait l'impression de se trouver dans un igloo. Les murs étaient blancs, les moquettes étaient blanches, les meubles étaient blancs. Ce qui rendait les traînées de sang encore plus horribles.

Il y avait des éclaboussures de sang, des arabesques de sang, des peintures gestuelles de sang à la Jackson Pollock. Il y avait du sang sur les murs, du sang sur les meubles, du sang sur la porte du réfrigérateur. Quatre litres et demi de sang.

Dan commença par emmener Bonnie dans le séjour.

— Je vais vous expliquer ce qui s'est passé. Mme Chloris Neighbor allait à un cours de danse tous les jeudis après-midi. Son mari, M. Anthony Neighbor, était architecte indépendant et travaillait chez lui. Par conséquent, le jeudi après-midi, il était certain d'être seul à la maison.

« Jeudi dernier, il fêta ses quelques heures de liberté en ôtant tous ses vêtements et en regardant une cassette porno. Au cours de ce divertissement, il décida d'augmenter son plaisir en s'introduisant dans le rectum un tube fluorescent. Il devint probablement de plus en plus excité, parce qu'il décida ensuite d'allumer le tube fluorescent. Lequel tube se brisa en éclats, causant de graves déchirures internes.

« Ce n'est qu'une supposition, mais nous pensons qu'il était trop embarrassé pour appeler le 911. Il s'est traîné de pièce en pièce, essayant de trouver un moyen de stopper l'hémorragie, mais il s'est finalement écroulé et il est mort. C'est ce que Mme Neighbor a découvert lorsqu'elle est rentrée.

Bonnie passa le bout de sa chaussure sur la moquette.

— Ça va coûter un maximum !

— Mme Neighbor est dehors, si vous désirez lui parler.

— Entendu.

Ils sortirent. Mme Neighbor se tenait sous les arbres, son visage éclairé par le soleil qui scintillait entre les feuilles. Elle était de petite taille, très mince, avec des cheveux blond cendré et de grands yeux hagards. Elle portait une *cheongsam* en soie noire à col montant, très ajustée, et elle ressemblait plus à un petit animal effrayé qu'à une femme.

— Madame Neighbor, je suis Bonnie Winter. Je suis désolée pour ce qui s'est passé.

— Je vous remercie. C'est très difficile à comprendre... perdre son mari de cette façon.

— Je sais.

— Je me sens... Vous imaginez probablement ce que j'éprouve. Je me sens tellement médiocre. Si j'avais été à la hauteur, jamais il n'aurait...

— Vous n'avez absolument rien à vous reprocher, madame Neighbor. Qui sait ce qui se passe dans l'esprit des hommes.

— J'ai été incapable de nettoyer le sang moi-même. C'est son précieux sang. J'adorais mon mari. J'adorais chaque cheveu sur sa tête. Je n'avais jamais pensé qu'un jour je devrais éponger son sang sur le sol. Je n'ai pas pu. Cela revenait à faire disparaître sa vie, à effacer toute notre vie de couple.

— Est-ce que vous savez si vous êtes assurée contre ce genre de dommages ?

Mme Neighbor la regarda, les yeux grands ouverts.

— Quoi ?

— Votre mari a laissé des dégâts qui vont coûter très cher, madame Neighbor.

— C'est son sang dans cette maison. C'est *lui*.

— Oui, dit Bonnie. Et je vous promets que nous allons tout nettoyer avec le plus grand respect.

Et beaucoup de Lysol.

Alors qu'elle se dirigeait vers la Buick, Dan s'approcha et lui ouvrit la portière.

— Les gars du labo m'ont appelé.

— Oh, vraiment ?

— Ils ont passé votre maison au peigne fin. Et vous savez ce qu'ils m'ont dit ? Ils ont dit que c'était la maison la plus propre qu'ils aient jamais eu l'infortune d'examiner. Immaculée !

— Rien pour leur fournir une indication de ce qui aurait pu arriver à Duke et à Ray ?

— Absolument rien. Ils ont même examiné les manches des couteaux de cuisine.

— Pour quelle raison ?

— Les couteaux de cuisine sont l'arme la plus communément utilisée dans un homicide domestique, voilà pourquoi. La plupart des auteurs d'un crime de ce genre lavent les couteaux ensuite, mais ce qu'ils ignorent, c'est que si vous poignardez quelqu'un avec une grande force, des traces microscopiques de sang humain sont susceptibles de pénétrer les interstices entre la lame en acier et le manche en bois ou en plastique, et il est quasiment impossible de les faire partir... de même que des traces microscopiques de viande ou de fromage pénètrent toujours les mêmes interstices, et qu'il est tout aussi difficile de les faire partir, même dans un lave-vaisselle en utilisant un détergent biologique.

— Et alors ? Qu'essayez-vous de me dire ?

— J'essaie de vous dire que l'un de vos couteaux de cuisine n'était pas neuf, et pourtant il était aussi propre que s'il était neuf. En d'autres termes, il ne contenait pas la moindre trace d'un dépôt de matière biologique. On peut rendre un couteau aussi propre uniquement en le faisant tremper dans des solutions aux enzymes spécialement conçues pour dissoudre la crème, le yaourt, le lait, les œufs, la crème glacée, le fromage et le sang.

— Je ne comprends pas.

— Personne ne tire la moindre conclusion, Bonnie. Personne ne porte la moindre accusation. Nous disons simplement que l'un de vos couteaux de cuisine était anormalement propre. Ce n'est pas une preuve, je le reconnais bien volontiers... mais c'est une *absence* de preuve très intéressante.

— C'est tout ce qu'ils ont trouvé ?

— Ils aimeraient effectuer des recherches plus approfondies, si vous êtes d'accord. Mais, étant votre ami, je vous conseillerais de parler à votre avocat avant de leur permettre de revenir dans votre maison une seconde fois.

— Cette histoire du couteau... où voulez-vous en venir, Dan ? Vous essayez de me dire que je les ai tués à coups de couteau, c'est ça ?

— Bonnie, mon cœur... personne ne dit quoi que ce soit !

— Vous me mettez en garde, hein ? Vous pensez qu'ils sont morts, et vous me prévenez que je suis l'un des suspects ! Allons, Dan, c'est de moi qu'il s'agit !

— Nous n'avons pas la moindre preuve que Duke et Ray sont morts. C'est plutôt mystérieux qu'ils aient tous deux disparu sans emporter de vêtements ou d'affaires personnelles. Mais des choses encore plus étranges se produisent. Des gens disparaissent tout le temps. Certains n'emportent même pas leurs chaussures.

Bonnie se glissa derrière le volant et mit le contact.

— Il s'est passé quelque chose de très étrange dans ma maison, Dan. Je sais que vous ne croyez pas à ce truc des papillons, mais je pense que vous commettez une très grosse erreur. Les papillons... c'est la clé de toute cette affaire !

Dan referma la portière.

— Vous allez faire ce travail ? lui demanda-t-il en montrant de la tête la maison des Neighbor.

— Oh, bien sûr. J'ai un tas de solutions aux enzymes pour faire partir le sang.

— Bonnie...

— Quoi ? Vous n'avez pas l'intention de m'inviter à dîner, j'espère ?

— Non, répondit Dan en secouant la tête. Je voulais juste vous dire... oh, rien d'important.

Il donna une petite tape sur le toit de la voiture, recula et regarda Bonnie s'éloigner dans un nuage de fumée huileuse et bleutée.

L'initié mange des *gorditas*

Elle avait rendez-vous avec lui au Nopales, le restaurant mexicain sur Pico Boulevard. Il était assis à une table d'angle tout au fond du restaurant, et elle ne le vit pas tout de suite. La salle était bondée et bruyante, et un orchestre mexicain — guitares, trompettes et bongos — jouait sur une estrade minuscule.

Finalement, elle retint par la manche l'un des garçons du restaurant et lui demanda :

— Juan Maderas ?

— Au fond de la salle. Table 21.

Il se leva comme elle s'approchait, et il éloigna une chaise de la table à son intention. Il était toujours vêtu de noir, mais sa cravate avait cédé la place à un foulard noir flamboyant.

— Vous avez trouvé facilement ?

— Je suis venue en taxi.

Il s'assit et voulut lui servir un verre de vin rouge, mais elle dit :

— Non... non, merci. Et continuez de manger, je vous en prie. J'ignore ce que c'est, mais ça a l'air délicieux.

— Des *gorditas*, déclara-t-il. Cela signifie « petits pâtés ». Des petits cornets faits de farine de maïs, farcis d'une purée de haricots rouges et de morceaux de poulet et de bœuf et frits.

— Mon mari ne me permettrait jamais de manger mexicain.

— Votre mari a disparu.

Elle hocha la tête.

— Ainsi que mon fils. On dirait l'un de ces mystères de chambres closes, vous savez ?

— Je ne pense pas qu'il s'agisse d'un mystère de chambres closes. Je pense qu'il s'agit d'un mystère d'esprit clos.

— Ma foi, vous avez raison, en un sens. J'ai énormément de mal à me rappeler ce qui s'est passé cet après-midi-là. Je ne me souviens pas du tout de Duke et Ray quittant la maison... et ils étaient là lorsque je suis rentrée après vous avoir vu. Mais ils avaient disparu le lendemain matin, et toutes les portes et fenêtres étaient verrouillées.

— Alors que s'est-il passé, à votre avis ?

— Je n'en sais rien. C'est pour cette raison que je voulais vous voir.

— Pourquoi moi ? Je ne suis ni policier ni psychiatre. Je ne suis qu'un écrivain. Un historien.

Bonnie ouvrit son sac à main et en sortit le bocal fermé par un couvercle à vis.

— J'ai trouvé ceci dans mon séjour.

— Un Apollon Tacheté. Je vois. Ainsi vous pensez qu'Itzpapalotl est pour quelque chose dans la disparition de votre mari et de votre fils ?

Bonnie acquiesça de la tête.

— Je pense que c'est possible.

— Comment ?

— Eh bien, je ne sais pas au juste à quel moment ils ont disparu. Mais c'était au cours de la nuit. Itzpapalotl aurait pu se transformer, non ? Au lieu d'être un papillon, elle aurait pu se changer en un insecte monstrueux, comme vous l'avez décrit, avec des couteaux sur ses ailes et tout le reste. Elle aurait pu les tuer et *les* changer en papillons à leur tour, comme les sorcières dans la légende, et c'est de cette façon qu'ils ont disparu. Lorsque j'ai ouvert la porte d'entrée, ils se sont envolés, tout simplement !

— Et vous croyez vraiment que cela aurait pu se passer ainsi ?

— Autrement, comment auraient-ils pu sortir de la maison sans que je m'en aperçoive ?

— Mais Itzpapalotl aurait dû les tuer pour les changer en papillons. Seule une personne qui est morte et damnée peut devenir un Apollon Tacheté. Et si elle les a tués, qu'est-il advenu du sang ? Dans les sacrifices aztèques, le cœur est arraché, encore palpitant, de la cage thoracique, et levé en l'air pour que tout le monde puisse le voir. Si cela s'était effectivement produit, votre maison aurait ressemblé à un abattoir !

— Oui, dit Bonnie.

— Mais il n'y avait pas de sang, si j'ai bien compris.

— Non.

Bonnie demeura silencieuse un moment. Juan Maderas l'observait calmement tout en mangeant ses *gorditas*. L'orchestre commença à jouer un air très lent, mélancolique, avec des trémolos, l'équivalent musical du tremblement de la lèvre inférieure de quelqu'un.

Au bout de quelques instants, Bonnie déclara :

— J'ai une autre hypothèse.

— Je vous écoute.

— Supposons que Itzpapalotl soit entrée dans ma maison cet après-midi-là — en plein jour —, déguisée en papillon.

— Oui. Elle se dissimule toujours de cette façon.

— Supposons qu'elle se soit posée sur mon oreille et

qu'elle m'ait chuchoté que je devais... Eh bien, supposons qu'elle m'ait suggéré que je devais éliminer les personnes que j'aimais le plus au monde. Et que je n'aie pas réalisé qu'elle avait fait ça. Vous savez, qu'elle m'avait chuchoté à l'oreille...

« Supposons que je me sois mis dans la tête que je devais tuer Duke et Ray. Sans même réaliser que c'était Itzpapalotl qui voulait que je les tue. Parce que tout un pan de cet après-midi-là a disparu, vous comprenez ? Comme une pièce d'un puzzle que l'on a égarée.

— Ainsi vous pensez qu'il est concevable qu'Itzpapalotl vous ait persuadée d'assassiner Duke et Ray ?

— Je n'en sais rien. C'est complètement dingue, non ? Mais où sont-ils allés ?

— C'est précisément le point faible de votre seconde hypothèse, vous ne trouvez pas ? Admettons que vous ayez raison, et qu'Itzpapalotl vous ait effectivement persuadée de tuer Duke et Ray... Comment avez-vous fait ? Est-ce que vous les avez étranglés ? N'oubliez pas qu'ils étaient deux, et que vous auriez dû les étrangler l'un après l'autre. Et avec quoi les auriez-vous étranglés ? Avec vos mains ? Est-ce que vous les avez tués à coups de couteau ? Le même obstacle se présente... il vous aurait été impossible de les tuer tous les deux en même temps. De surcroît, il n'y avait pas de sang. Vous auriez pu les tuer avec une arme à feu, bien sûr...

— Nous n'avons pas d'armes à feu. Enfin, nous avions un pistolet, mais Duke l'a vendu.

— Ce qui élimine *cette* possibilité, alors. Mais, par-dessus tout, où sont-ils passés, même si vous les aviez tués ? Comment une femme se débarrasse-t-elle des corps de deux hommes dans une maison de banlieue sans que personne s'en aperçoive ? Et où sont les corps à présent ? On ne les a pas retrouvés, n'est-ce pas ?

Bonnie ramena en arrière ses cheveux.

— Je suis venue vous voir parce que je pensais que vous pourriez me donner un début d'explication.

— Vous voulez dire que vous pensiez qu'il vous serait possible d'attribuer à une déesse démoniaque du Mexique ce qui est arrivé à votre mari et à votre fils ?

— Vous ne croyez pas à Itzpapalotl ?

— Bien sûr que si. Mais je crois également que les démons de jadis ne peuvent pas faire grand-chose dans le monde moderne, à moins qu'on ne les invoque.

— Vous pensez que je l'ai *appelée* ?

— C'est possible. Peut-être que vous ne vous souvenez pas de l'avoir fait. Ou peut-être que si, mais vous faites semblant de ne pas vous en souvenir.

L'orchestre attaqua une version langoureuse de *La Pesadilla*. Bonnie déclara :

— Mais vous ne pensez pas que c'était moi, n'est-ce pas ? Si quelqu'un les a assassinés, ce n'était pas moi. Enfin, même si c'était moi, je ne me rendais pas compte de ce que je faisais. C'était Itzpapalotl.

— Vous seule pouvez le savoir.

Le jour de l'Apollon Tacheté

Elle se tenait dans le séjour, et ses cheveux blonds brillaient dans le soleil de l'après-midi. Elle contemplait un immense tableau, un portrait d'Elvis que Duke lui avait offert pour son trentième anniversaire. Elvis dans *Love Me Tender*, avec son chapeau de cow-boy et sa veste à franges en daim.

Elle se souvenait de cet anniversaire avec une telle netteté ! A cette époque, Duke travaillait, et il l'avait emmenée dans un restaurant country-western. Ils avaient mangé des steaks et des côtelettes de porc, avaient dansé. Ils avaient tellement ri que, au retour, Duke avait été obligé de se ranger sur le bas-côté de la route.

Il l'avait prise dans ses bras, l'avait embrassée et avait dit : « Toi et moi, nous sommes ensemble pour toujours... tu le sais ? Jusqu'à ce que cette putain de mort nous sépare ! »

Elle décrocha précautionneusement le tableau du mur. Puis elle l'appuya contre le canapé et dévissa les anneaux en métal au dos du tableau. Emportant le fil d'acier, elle alla dans la cuisine, sortit ses gants de jardinage du tiroir, les enfila.

Dehors, dans le jardin, Ray était allongé dans sa chaise longue. Les yeux fermés, il écoutait sa musique à plein volume. Duke lisait la rubrique sportive de son journal et entamait une nouvelle bière.

Elle fit coulisser la porte-fenêtre du patio. La musique de Ray était tellement assourdissante qu'aucun d'eux ne leva les yeux. Elle sortit dans le patio et se tint derrière la chaise longue de Duke pendant presque trente secondes, cachant le fil d'acier derrière son dos. Duke savait probablement qu'elle était là, mais il n'en laissa rien paraître. Il faisait la gueule parce qu'elle avait découvert qu'il lui avait menti au sujet d'un boulot au Century Plaza.

Bonnie pensa : Si tu lèves les yeux et si tu me souris, tu vivras probablement. Mais il se contenta de tourner la page de son journal et de boire une autre gorgée de sa canette de bière.

Bonnie était une femme robuste. A force de frotter, de porter des lits, de rouler des tapis. Elle fit passer d'un geste brusque le fil d'acier par-dessus la tête de Duke et autour de son cou, et elle serra très fort avant qu'il ait eu le temps de glisser ses doigts sous le fil. Il se contorsionna, lança des ruades, gigota violemment pour tenter de se dégager, mais Bonnie serra de plus en plus fort jusqu'à ce que le fil d'acier ait disparu dans la chair du cou de Duke. Du sang se mit à ruisseler sur ses épaules.

Elle continuait de serrer le fil d'acier. Duke fut parcouru d'un petit soubresaut, puis sa tête s'affaissa d'un côté. Pendant tout ce temps, Ray n'avait pas ouvert les yeux une seule fois.

Elle déroula le fil d'acier et contourna la chaise longue de Ray. Il chantait silencieusement et faisait claquer ses doigts. Elle se pencha vers lui et l'embrassa sur le front.

Ouvre les yeux, pensa-t-elle. Regarde-moi. Vois-moi telle que je suis. Alors je t'épargnerai. Mais Ray se contenta de grimacer un sourire et continua de chanter silencieusement en faisant claquer ses doigts.

Ensuite, elle alla dans le séjour et téléphona à Esmeralda.

— Tout est arrangé, lui dit Esmeralda. Viens chez nous ce soir, à huit heures.

— Entendu, je viendrai.

— Tu as une drôle de voix. Tout va bien ?

— Bien sûr. Ne t'en fais pas pour moi. A ce soir.

Elle regarda par la fenêtre, et elle vit Duke et Ray, toujours vautrés dans leurs chaises longues.

Le puzzle

Bonnie se réveilla en sursaut. La première chose qu'elle fit fut de tendre la main pour voir si Duke était allongé à côté d'elle, mais il n'était pas là. Il était encore très tôt, cinq heures dix-sept, et le ciel avait la couleur de fleurs bleues fanées.

Elle s'extirpa du lit et alla dans la salle de bains. Elle se regarda dans le miroir. Ses cheveux étaient emmêlés, ses yeux gonflés. Ce fut à peine si elle se reconnut. Elle aurait pu être l'une de ces vieilles femmes qui dorment sur des bancs dans Echo Park.

Cette scène dans le jardin, avec Duke et Ray — cela ne s'était pas vraiment passé, n'est-ce pas ? C'était impossible. Elle avait fait un cauchemar, tout simplement. Elle n'avait pas pu étrangler son mari et son fils. Comme Juan Maderas l'avait fait remarquer, si elle les avait tués, alors où étaient les corps ?

Elle constata qu'il lui était impossible de retourner se coucher. Elle alla dans la cuisine et but une grande gorgée de jus d'orange glacé. Ensuite elle se tint devant la fenêtre, son palais la brûlait, et elle regarda fixement les chaises longues inoccupées. Elle se souvenait d'avoir vu Duke et Ray vautrés dans les chaises longues pendant qu'elle téléphonait à Esmeralda. Mais étaient-ils vivants à ce moment-là, ou bien étaient-ils déjà morts ?

Elle alla dans le séjour. Le portrait d'Elvis était toujours accroché à sa place habituelle. Elle le décrocha du mur. Si elle avait retiré le fil d'acier, alors elle l'avait fixé de nouveau, et personne ne saurait jamais, y compris elle-même.

Elle alluma la télévision et regarda *Les Feux de l'amour* jusqu'à ce qu'il commence à faire jour au-dehors.

Peu après huit heures, Ralph téléphona.

— Bonnie ? Joyce Bach m'a appris pour Duke. Tu m'avais dit qu'il t'avait quittée... Je n'avais pas compris qu'en fait il avait, eh bien, *disparu.*

— Je ne sais pas où il est allé, Ralph. Je ne le sais vraiment pas. Lui et Ray. J'ai fait un cauchemar cette nuit... je les assassinais.

— Tu as l'air complètement déprimée, sans vouloir t'offenser.

— Je suis déprimée, Ralph. Je suis parfaitement, totalement déprimée.

— Ecoute... je crois que je me suis montré très injuste. Je t'ai rendue responsable de tous mes problèmes. Phil Cafagna est un cavaleur et un salopard, et de toute façon, sur le strict plan des affaires, c'était foutrement stupide de ma part de mettre quasiment tous mes œufs dans le même panier.

— Qu'est-ce que cela veut dire ? Tu as changé d'avis ?

— Cela veut dire que j'ai le sentiment d'avoir été très moche avec toi. Tu sais, comme si je m'étais servi de toi pour t'abandonner ensuite. Mais il n'en est rien, Bonnie, je le jure. Lorsque j'ai dit que je t'aimais, je le pensais vraiment.

— Alors, peut-être que tout était pour le mieux.

— Ecoute, Bonnie, j'aimerais te voir. On pourrait parler.

— Je ne suis pas au top aujourd'hui, Ralph.

— Pour moi, tu es toujours au top, Bonnie. Je t'en prie. Donne-moi au moins une chance de m'expliquer.

Bonnie regarda la chrysalide dans le bocal fermé par un couvercle à vis, bientôt prête à se changer en papillon.

— Bon, d'accord. Et si tu venais ici ?

— Tu veux dire, venir chez toi ?

— Pourquoi pas ? C'est un endroit tranquille, et le café est bon.

— Entendu. Oui, parfait. Je viendrai vers... midi et quart... Ça te convient ?

— Je serai là.

Bonnie raccrocha. Elle prit le bocal contenant la chrysalide et dit :

— Qui es-tu ? Que désires-tu ? Des *âmes* ? Pourquoi devons-nous sacrifier les êtres que nous aimons le plus au monde ? Qu'est-ce que tu y gagnes ?

Pourtant, de façon étrange, elle connaissait la réponse. Dieu avait demandé à Abraham de tuer son fils unique afin d'éprouver sa foi. Peut-être qu'Itzpapalotl faisait la même chose.

Ralph ouvre son cœur

Avant que Ralph n'arrive, Bonnie alla dans la chambre, baissa les stores et ferma les volets afin qu'elle soit plongée dans une quasi-obscurité. Elle ouvrit le lit et défroissa le drap du dessous, puis elle plaça le bocal entre les oreillers et ôta le couvercle.

— Il te faut un endroit sans lumière... je le sais.

Elle ferma la porte de la chambre et retourna dans la cuisine. Elle fit du café et disposa sur une assiette des sablés et des gâteaux à la noix de coco. Duke avait toujours détesté la noix de coco.

Elle vérifia son maquillage devant le miroir et envoya un baiser à Elvis. Presque au même moment, la voiture bleue luisante de Ralph apparut dans l'allée, et Ralph en descendit.

Elle fit basculer Duke de la chaise longue et le traîna jusqu'à la maison. Ses talons nus brinquebalèrent sur la moquette. Puis elle ressortit pour s'occuper de Ray. Elle les disposa l'un à côté de l'autre sur le carrelage de la cuisine, puis elle ferma et verrouilla la porte-fenêtre. Le visage de Ray avait une expression placide et bouffie, mais les yeux de Duke étaient grands ouverts et il avait l'air furieux.

Elle alla dans le séjour et déroula la bâche en vinyle vert sur la moquette. La bâche produisit un fort craquement lorsque Bonnie se déplaça à quatre pattes dessus, vérifiant qu'elle était bien coincée sous les pieds des chaises.

Elle aurait pu choisir de sacrifier Duke et Ray dans la cuisine — une surface blanche facile à nettoyer. Toutefois, bien que les carreaux de céramique vernissée soient imperméables, le jointement au mortier posé entre eux ne l'est pas, et on pouvait y découvrir une tache de sang, même la plus infime, et faire des tests de groupe sanguin et d'ADN.

Finalement, elle traîna leurs corps jusqu'au séjour, les plaça l'un à côté de l'autre et les déshabilla. Elle était douée pour dévêtir des corps inertes et peu coopératifs. Elle l'avait fait presque chaque soir avec Duke. Une fois que tous deux furent allongés, nus, sur la bâche, elle retourna dans la cuisine pour prendre un couteau à découper, un Sabatier au manche noir avec une lame de douze centimètres de long.

— Bonnie ? demanda Ralph. Est-ce que ça va ? Je t'ai dit bonjour trois fois, et tu n'as pas répondu une seule fois.

Elle le regarda en battant des paupières. Elle se tenait sur le pas de la porte, un sourire figé aux lèvres, ne sachant pas très bien comment elle était arrivée là.

— Oh, Ralph. Salut !

— Je me sens vraiment embarrassé.

— Embarrassé ? Pour quelle raison ?

— Comme toujours, j'ai réagi trop vivement.

— C'est une situation délicate, Ralph. Toi et moi sommes mariés, avec tout ce que cela implique.

— Des nouvelles de Duke et de Ray ?

— Non, aucune. Mais entre, entre ! J'ai de la bière, du 7-Up, ou du lait si tu préfères.

Ralph s'avança dans le séjour et regarda rapidement autour de lui avec un mélange de curiosité et de gêne.

— Joli tableau, dit-il en montrant Elvis de la tête.

— Il est superbe, non ? C'est un ami de Duke qui l'a peint.

Il s'assit au bord du canapé. Il portait un costume couleur mastic et une chemise rose, et il transpirait.

— Tu veux retirer ta veste ? lui demanda-t-elle.

— Non, je te remercie. Ça va.

— Tu as l'air tout ce qu'il y a de plus mal à l'aise. Laisse-moi prendre ta veste.

— Je vais très bien, Bonnie, je t'assure. Je ne peux pas rester très longtemps. Mais je voulais arranger les choses entre nous.

— Qu'y a-t-il à arranger ? Je sais que tu sais que je n'ai pas aguiché Phil Cafagna.

— Vraiment ?

— Tu n'as pas mis fin à nos relations à cause de Phil Cafagna. Il a annulé toutes ses commandes, bien sûr. Mais c'était juste un mouvement d'humeur. Il a besoin des produits Glamorex tout autant que Glamorex a besoin de lui. A part Glamorex, où pourrait-il trouver un brillant à lèvres acheté en gros un dollar douze et vendu au détail quinze dollars quatre-vingt-dix-neuf ? Il reviendra sur sa décision, s'il ne l'a pas déjà fait.

Ralph ne répondit pas mais sortit de sa poche un mouchoir d'un blanc immaculé et s'essuya le front.

— Tu as eu le trac, Ralph, c'est tout. Je le sais. C'est une décision très importante, quitter ta femme et refaire ta vie avec quelqu'un d'autre, d'autant plus que tu approches de la quarantaine et que tu vas probablement perdre ta maison, ta superbe voiture toute neuve et la moitié de ton affaire. Je comprends, Ralph. Je pensais que cela allait changer ma vie pour toujours, à vrai dire, mais j'ai le même genre de responsabilités que toi, d'accord ? Enfin, *j'avais*... si Duke et Ray ne reviennent jamais.

— A ton avis, où sont-ils, Bonnie ?

— Je n'en sais rien, Ralph. Sincèrement, je n'en sais rien.

— Cela semble plutôt étrange que tu ne te rappelles même pas les avoir vus partir, non ?

— Comment le sais-tu ?

— Hein ?

— Comment sais-tu que je ne me rappelle pas les avoir vus partir ?

— Tu me l'as dit. Tu me l'as dit toi-même.

— Je ne me rappelle pas te l'avoir dit.

— Est-ce vraiment important ? L'important, c'est de découvrir ce qui leur est arrivé.

— Je n'en sais rien, Ralph. Je n'en sais absolument rien. De toute façon, pourquoi parlons-nous d'eux ? Je pensais que tu étais venu ici pour parler de *nous*.

— Je t'aime, Bonnie, tu le sais, répondit Ralph. Mais j'ai bien trop à perdre, et je suis trop lâche pour repartir de zéro.

— Lâche, toi ? Je ne t'aurais jamais reproché d'être lâche.

— Je n'ai pas la force de changer ma vie comme tu l'as fait.

— Qu'est-ce que cela signifie ? Je n'ai pas changé ma vie.

— Tu... tu le sais très bien. Tu as réglé le problème Duke.

— J'ai réglé le problème Duke ? Je n'ai absolument rien

fait. Le problème Duke s'est réglé tout seul lorsqu'il a franchi la porte d'entrée de cette maison.

— Mais tu n'as pas vu Duke franchir la porte d'entrée de cette maison, n'est-ce pas ?

Bonnie se tourna sur le canapé et le regarda en fronçant les sourcils.

— C'est quoi, cette conversation, Ralph ?

— Je suis fier de toi parce que tu as trouvé une solution, c'est tout.

— Je n'ai absolument rien fait. Je suis allée me coucher le soir, et lorsque je me suis réveillée, le lendemain matin, il était parti.

— Bonnie...

Elle appuya sur les lèvres de Ralph le bout d'un index au vernis à ongles orange.

— Tu n'as pas besoin de parler, Ralph. Tu n'as pas besoin de dire quoi que ce soit, excepté « je t'aime ». Tu as raison... ma vie a changé, maintenant. Je suis célibataire. Je suis seule. Je n'ai personne. J'ai réfléchi à ça. Je me suis demandé ce que je te dirais si tu me téléphonais. Et je savais que tu me téléphonerais. Mais je n'ai pas ce qu'il faut pour détruire un mariage, hein ? C'est ce que tu voulais que je dise. Eh bien, cela m'est parfaitement égal. Je peux faire avec, du moment que nous continuons de nous voir. Tu peux rester marié avec ta « valise vide », et tu peux garder ta maison, ta voiture et tous tes investissements. Je vivrai ici, seule. Du moment que nous pouvons nous voir et faire l'amour chaque fois que tu en as le temps, et du moment que je sais que c'est moi que tu désires vraiment, et pas Vanessa, alors je suis capable de gérer cette situation, et d'être tout à fait heureuse.

Ralph la regarda avec stupeur.

— Tu parles sérieusement ?

— Est-ce que j'ai l'air de plaisanter ?

— Je ne sais pas quoi dire, Bonnie. Franchement, je ne sais pas quoi dire.

Elle l'embrassa sur les lèvres.

— Et si tu ne disais rien du tout ? Et si tu me faisais l'amour et me montrais que tout ira pour le mieux ?

Ralph transpirait tellement qu'il fut obligé de s'essuyer le front avec la manche de sa veste.

— Bonnie... ton mari a disparu... il est peut-être mort.

— Qu'est-ce que cela peut te faire ? Qu'est-ce que cela peut me faire ? Duke était paresseux, violent, borné, il picolait, et notre fils en grandissant serait devenu comme lui.

— Néanmoins, ce n'était pas une raison pour le tuer, tu ne trouves pas ?

Bonnie se redressa vivement.

— Mais qu'est-ce qui te prend, Ralph ?

— J'ai simplement dit que ce n'était pas une raison pour le tuer.

Bonnie tendit la main.

— Viens dans la chambre, Ralph. Ne parlons plus de Duke. Pensons plutôt à nous.

— Je... euh... je n'ai pas le temps.

— Tu n'as pas le *temps* ? Bien sûr que si !

Elle saisit les deux mains de Ralph et le fit se lever du canapé. Puis elle l'entraîna vers la porte de la chambre.

— Bonnie...

— Je veux te montrer quelque chose, Ralph. Je veux te montrer quelque chose de tout à fait étonnant. Tu es prêt ?

— Ecoute, Bonnie, j'ai un déjeuner d'affaires extrêmement important. J'étais juste venu pour...

Bonnie serra sa main pour l'empêcher de se dégager. Elle se dressa sur la pointe des pieds, l'embrassa, lui sourit.

— Viens voir ce qu'il y a dans la chambre.

Elle tourna la poignée et ouvrit la porte. La chambre était plongée dans une obscurité quasi totale. Bonnie continuait de sourire, mais Ralph hésita et tenta de dégager sa main.

— Quel est ce bruit? demanda-t-il soudain.

Bonnie tendit l'oreille. Oui, elle l'entendait, elle aussi. Un bruissement, semblable à du papier, puis un pépiement très doux, aigu. Puis un crissement, comme des lames de couteau frottées l'une contre l'autre.

— Viens jeter un coup d'œil, insista Bonnie.

— Non, je ne crois pas. Qu'est-ce que c'est? Il y a quelque chose dans la chambre, hein? Qu'est-ce que c'est?

— Viens voir par toi-même.

Il y eut un autre crissement, puis un fort battement d'ailes, précipité, comme si un gros papillon de nuit se cognait éperdument contre un abat-jour en papier. Ce fut à ce moment que Ralph paniqua pour de bon.

— Sortez-moi de là! cria-t-il. Bordel de merde, les gars, sortez-moi de là!

Bonnie referma violemment la porte.

— A qui parles-tu? demanda-t-elle. A qui parles-tu, Ralph? Quels gars?

Ralph tenta de se dégager, mais Bonnie tira d'un coup sec sa veste de ses épaules, et ils étaient là : un fil et un micro.

— Tu avais un micro, dit-elle avec un profond dégoût. Tu as dit que tu m'aimais et tu avais un micro!

Une seconde plus tard, la porte d'entrée était enfoncée et Dan Munoz surgit, suivi de l'inspecteur Mesic et de quatre officiers de police en uniforme. Ralph se dégagea de Bonnie et recula vers le côté opposé de la pièce, l'air pitoyable et meurtri. Dan s'approcha de Bonnie et lui fit un sourire plein de regrets.

— Vous voulez bien me dire ce que tout cela signifie? lui demanda Bonnie, tremblant de colère. Cet homme était censé être mon amant!

— Je sais, dit Dan doucement. C'est pour cette raison qu'il était le meilleur choix.

— Le meilleur choix pour quoi? Pour m'amener à m'accuser moi-même d'un crime qui n'a même pas été commis?

— Oh, il a été commis, pas de problème! C'est pour cette raison que nous sommes ici. Je dois admettre que j'espérais obtenir des aveux complets enregistrés sur bande, mais nous avons quand même un tas de preuves indirectes...

— Lesquelles, dites-moi lesquelles? Un couteau qui est plus propre qu'il ne devrait l'être selon vous? Vous allez m'inculper parce que j'ai également des W.C. d'une propreté irréprochable?

— Nous avons trouvé les corps, déclara Dan.

Bonnie eut brusquement très froid.

— Vous les avez trouvés? Duke et Ray? Tous les deux?

Dan la prit par le bras.

— Je sais que vous avez le cœur bien accroché, Bonnie. Venez. Mesic, jetez un coup d'œil dans la chambre.

— Où sont-ils? Comment sont-ils morts?

— Venez, on va vous conduire là-bas. Vous verrez par vous-même.

L'inspecteur Mesic ouvrit la porte de la chambre.

— Il fait foutrement noir là-dedans. Attendez un instant, je vais ouvrir les volets.

Il ouvrit les volets et releva les stores, et le soleil entra à flots dans la chambre. Mesic ouvrit les penderies et les referma bruyamment, puis il ouvrit deux ou trois tiroirs de la coiffeuse.

— Il n'y a rien ici, monsieur.

Ralph lança à Bonnie un regard très étrange, mais il ne dit rien.

Dan entraîna Bonnie vers la porte d'entrée.

Duke et Ray réapparaissent

Sur le côté sud-est de la décharge municipale de Riverside, au milieu d'une chaîne de montagnes nauséabonde d'ordures ménagères, ils rejoignirent quatre voitures de patrouille, deux breaks du service de médecine légale et une ambulance, tous soigneusement garés en ligne, comme s'ils assistaient à une manifestation sportive. Dan s'arrêta à proximité.

— Vous les avez trouvés *ici*? demanda Bonnie.

— Nous les avons trouvés ici parce que nous les cherchions ici. Nous avions également une idée assez précise du moment exact où on les avait amenés dans cette décharge.

Il ouvrit la portière de Bonnie, et ils s'avancèrent parmi des paquets de céréales aplatis, des couches déchiquetées, des boîtes de maïs doux Géant Vert écrasées. Le smog du milieu de la journée était aggravé par la fumée âcre qui s'échappait des monceaux d'immondices en train de brûler. L'inspecteur Mesic se mit à tousser.

Les mots n'étaient pas vraiment nécessaires. Dan prit Bonnie par le bras et ils dépassèrent le petit groupe d'officiers de police, de médecins légistes et de photographes. Un peu plus loin, ils étaient là. Duke et Ray, côte à côte, semblables à des pilleurs de banques de l'Ouest de jadis criblés de balles et exposés dans leurs cercueils.

Toutefois, ils n'étaient pas dans des cercueils. Ils étaient allongés sur des matelas éventrés et souillés de sang. Les matelas provenant de la maison de George Keighley, sur lesquels David Hinsey et Maria Carranza étaient morts. Tous deux étaient nus, tous deux étaient énormément gonflés, et tous deux grouillaient d'asticots. Leur poitrine à tous deux avait été découpée et ouverte, et Duke avait été châtré. Il portait entre ses jambes comme une coquille de boxeur faite de mouches à viande luisantes.

Bonnie se tint immobile et les contempla un long moment. Dan croisa les bras sur sa poitrine et attendit patiemment.

— Vous m'aviez dit que vous aviez jeté les matelas *avant* de rentrer chez vous, lui rappela-t-il enfin. Mais vous étiez tellement imprécise concernant votre emploi du temps que j'ai fait ma petite enquête. J'ai découvert qu'en fait vous étiez venue ici, pour jeter ces matelas, quelques minutes avant dix-sept heures, peu de temps avant que la décharge ferme pour la journée.

« Vous avez téléphoné à Esmeralda de chez vous à quinze heures et deux minutes. Je soupçonne que Duke et Ray étaient déjà morts à ce moment-là. Il vous suffisait d'éventrer les matelas, de faire rouler leurs corps à l'intérieur, de recoudre les matelas approximativement et de les apporter à la décharge. Un bulldozer aurait pu les recouvrir de monceaux d'ordures, et ils auraient été enterrés ici pour toujours.

Bonnie considéra le visage bouffi et déformé de Duke, puis celui de Ray, mais ils ne ressemblaient même plus à son mari et à son fils.

— C'était Itzpapalotl, murmura-t-elle. Je lui ai demandé de m'aider. Je lui ai demandé une solution. Alors elle est venue, et elle m'a délivrée, elle m'a rendue libre, comme elle, aussi libre qu'un papillon.

Un message sur le répondeur

« Bonnie... ici Howard Jacobson. Vous vous souvenez ? Vous m'avez apporté cette chenille il y a quelques jours. Le *Parnassius mnemosyne*, l'Apollon Tacheté. Cela vous intéressera peut-être de savoir que les larves ont été apportées ici dans plusieurs expéditions importantes de choux frisés du Mexique. En raison des conditions climatiques inhabituelles, et notamment d'El Niño, les larves ont éclos et ont prospéré, et on nous signale leur présence un peu partout, jusqu'à Santa Barbara et Bakersfield. Elles ne concernent guère notre spécialité, j'en ai bien peur... déterminer le moment de la mort... mais on ne peut pas gagner à tous les coups, d'accord ? Venez me voir plus souvent. Amitiés, Howard. »

La nuit tombe

Cette nuit-là, Bonnie fut réveillée par un bruissement. Elle se tourna de l'autre côté en grognant. Puis elle entendit le bruissement à nouveau. Elle ouvrit les yeux et se mit sur son séant.

Dans le recoin le plus sombre de sa cellule, il y avait un personnage avec un visage blanc sans expression et des ailes aux bords brillants. Le personnage produisit le plus léger des bruissements d'ailes, et ses pieds griffèrent le sol en béton, comme s'il avait des serres.

— Itzpapalotl, chuchota Bonnie.

Le personnage s'approcha et se pencha vers elle en déployant ses ailes. Bonnie distinguait ses yeux à présent, et une langue qui luisait tel un couteau à la lame noire.

— Emmène-moi avec toi, dit Bonnie. Je t'en prie, Itzpapalotl. Emmène-moi avec toi.

Elle sort de prison, libre

Ils l'avaient fouillée, bien sûr — mais ils n'avaient pas tenu compte de sa connaissance approfondie des moyens ingénieux qui permettent à des personnes de mettre fin à leur vie. Lorsqu'ils ouvrirent la porte de sa cellule, à six heures et trois minutes le lendemain matin, ils la trouvèrent étendue sur le dos, regardant fixement le plafond de la même façon qu'elle avait regardé fixement le plafond le jour de la disparition de Duke, si ce n'est qu'une mare de sang s'élargissait sous elle et se répandait sur le sol de sa cellule, et qu'elle était morte.

Elle avait arraché l'un des boutons de son matelas et avait creusé avec ses doigts dans le rembourrage de kapok afin de dégager l'un des ressorts. Puis elle avait utilisé l'extrémité pointue du ressort pour s'ouvrir les veines des deux poignets.

A onze heures dix-sept, le lieutenant Munoz vint dans sa cellule. Il resta près de la porte un long moment, se demandant ce qui avait conduit Bonnie jusque-là.

Il ne remarqua pas deux papillons aux ailes quasi incolores posés sur le grillage métallique recouvrant les fenêtres. Tandis qu'il se tenait là, les deux papillons battirent des ailes, sortirent de la cellule et s'éloignèrent dans le couloir, puis ils franchirent les barreaux et s'envolèrent vers le ciel, vers la lumière du soleil du matin, vers la liberté.

Impression réalisée sur CAMERON par

BUSSIÈRE CAMEDAN IMPRIMERIES

GROUPE CPI

à Saint-Amand-Montrond (Cher)
en février 2002

N° d'édition : 6972. — N° d'impression : 20076-020065/1.
Dépôt légal : mars 2002.

Imprimé en France